Caro Fantozzi...

Scriptum Press, New York

"*Il libro di Tiziano Thomas Dossena, il primo volume di racconti dell'autore, non è una summa anodina e algida, dei suoi lavori, bensì un delicato melange di feelings. Una raccolta di racconti impreziosita dal fil rouge di sensazioni, emozioni, sentimenti per l'appunto, la cui peculiarità, sia che si tratti di fiction, scritti di fantasia e immaginazione, o di "tranche de vie" dunque "vita vissuta", è l'abile narrazione (tra l'altro mai sottotono o tediosa): un mix di finesse d'esprit, ironia e autoironia (vale a ben poco l'ironia se non è capace di sorridere e far sorridere anche di se stessi), divertissement, riflessione, introspezione, spaccati esistenziali intrisi di dolore, gioia, smarrimento, nostalgia, spleen, malinconia, felicità, sconcerto, sconforto, rinascita".*

Patrizia De Franco, L'IDEA MAGAZINE

"*Dossena... continua a viaggiare con carta e penna: una valigia piena di sogni ed una macchina del tempo fantastica. E verga, così, racconti di preziosità lieve e profonda.*
...Come capita a chi ha vissuto mille lacerazioni, non dimentica mai di narrare i cieli. Che sono quelli della memoria. Quelli del cuore."

Mario Sicolo, PRIMO PIANO

"*Non perdetevi questo piccolo cult: un eco-giallo con risvolti fantapolitici scritto con stile serrato e incisivo, pieno di suspense e soprattutto ironia, ironia,ironia!*"
(Renata Morresi, KULT UNDERGROUND)

TIZIANO THOMAS DOSSENA

Caro Fantozzi...
ed altri racconti.

**Con illustrazioni del Maestro
Emilio Giuseppe Dossena**

Scriptum Press, New York

ISBN 978-0-9795213-4-8
Published by Scriptum Press, an imprint of Claddagh Ltd.
Publishing House, New York
Printed in the USA. First Edition December 2008

Front cover: E.G.Dossena, "Tiziano a 9 anni", Oil on Wood,
1961
Back cover photographs by John Martin (T.T. Dossena) and
Marilena Dossena (E.G. Dossena)

Stampato negli USA
Prima Edizione Dicembre 2008

In copertina: E.G.Dossena: "Tiziano a 9 anni",
Olio su tavola, 1961(fronte).   Fotografie di John Martin
(T.T. Dossena) e di Marilena Dossena (E.G. Dossena) (retro)

A mia moglie Nicoletta

SOMMARIO

Ringraziamenti   p. i

Prefazione   p. iii

Il filosofo   p. 1

Il peso della coscienza   p. 7

Il pianto   p. 13

Il telefono giallo   p. 21

La corsa   p. 35

Marzo 1999: A 25 anni dalla partenza   p. 39

L'importanza dell'Internet   p. 47

"Welcome to the United States"   p. 59

La bandiera   p. 73

Caro Fantozzi...   p. 89

New York e gli Italiani   p. 113

Bibliografia   p. 119

Biografia dell'autore   p. 127

Biografia dell'artista   p. 131

INDICE DELLE ILLUSTRAZIONI

Tiziano a 16 mesi, China, 1954   p. ii

Parco Sempione, Acrilico, 1980   p. 4

Donna su sasso, China, 1947   p. 11

Mamma morente, Matita, 1937   p. 18

Uomo che dorme, Matita, 1944   p. 27

L'ubriaco, China, 1944   p. 34

Cavallo che muore, Tempera, 1978   p. 38

Lotta di cavalli, China, 1947   p. 57

Cortile lombardo, Acrilico, 1978   p. 74

Vie periferiche, Matita, 1958   p. 79

Mamma, Matita, 1934   p. 81

Chiesa periferica, China, 1938   p. 88

Cortile di Brooklyn, Olio, 1970   p. 112

RINGRAZIAMENTI

Colgo l'occasione per ringraziare mia moglie Nicoletta ed i miei figli William e Samantha per l'estrema pazienza dimostratami nel corso degli anni. Le nottate in bianco passate a combattere l'apparente inefficienza dei programmi di software che avrebbero dovuto aiutarmi ad affrettare i miei lavori di stesura hanno dato vita ad un onesto, seppur limitato, prodotto letterario. Lo dedico umilmente a loro, sperando nella loro comprensione.

Ringrazio, inoltre, la direttrice della casa editrice Scriptum Press, Catherine Paris, per tutta l'assistenza datami sia nella preparazione di questo volumetto, sia in quello del molto più complesso ed ampio tomo che seguirà: la biografia di mio padre, l'artista Emilio Giuseppe Dossena, del quale ho avuto il privilegio di includere alcuni disegni in questa mia opera.

Un ringraziamento speciale all'amico Leonardo Campanile, che ha creduto in me per tutti questi anni ed ha pubblicato buona parte dei miei racconti, assieme a centinaia di miei articoli, nella rivista *L'Idea* di Brooklyn, della quale è direttore responsabile.

Grazie anche alla dott.ssa Silvana Mangione, sia per l'editing sia per i validi consigli.

i

Tiziano Thomas Dossena a 16 mesi

PREFAZIONE

La compilazione di questa raccolta di racconti è stata dettata da una esigenza di offrire ai lettori fedeli un prodotto compatto ma esauriente della mia opera narrativa di questi ultimi anni. Penso di esserci riuscito e spero che i miei lettori apprezzino la scelta e l'accostamento dei racconti.

Abbinati a queste novelle ho inserito alcuni disegni, schizzi e quadri di mio padre, sia come illustrazione al racconto sia come mera estetica, onde lasciare che l'occhio riposasse su immagini piacevoli e significative. Un elenco delle illustrazioni si trova all'inizio del volume.

"Il filosofo" fu scritto interamente nel Parco Sempione di Milano nel 1982. Fu pubblicato la prima volta nel 1984 sulla rivista milanese *L'Intermezzo*. Successivamente, il racconto riapparve nel 1998 a New York nella rivista *L'Idea* e nel 2000, in Svizzera, nella rivista *Nel Racconto*.

"Il peso della coscienza" nacque a New York come poesia nel 1976, per poi rinascere come racconto a Milano nel 1979. La poesia fu persa nel corso di uno dei vari spostamenti, ma il racconto sopravvisse e fu pubblicato, in una versione rimaneggiata, nella rivista *Arte e Società* nel 1982, nel trimestrale *L'Idea* nel 1997, e quindi da *Nel Racconto* nel 2000.

"Il pianto" apparve per la prima volta nella pubblicazione *L'Intermezzo* nel 1985, fu pubblicato una seconda volta dalla rivista newyorchese *L'Idea* nel 1997, per poi riapparire su *Nel racconto* nel 2003.

"Il telefono giallo" fu pubblicato da *L'Intermezzo* nel 1985, da *L'Idea* nel 1999 e da *Nel racconto* nel 2001. Il racconto, classificatosi al 1° posto ex-aequo al Concorso Letterario Parole Di Carta, è apparso anche sulla omonima antologia del Premio, pubblicata da Marsilio Editore.

"La corsa" apparve su *L'Idea* nel 1997, per poi essere pubblicato da *Nel Racconto* nel 2007.

Tutti i suddetti racconti, che hanno ricevuto encomi e riconoscimenti ufficiali dalla critica, guadagnandosi rispettose posizioni (1°, 2° o 3°) in vari concorsi nazionali, sono rigorosamente di fantasia, a differenza dei racconti che seguono e del saggio finale.

"Marzo 1999: A 25 anni dalla partenza", pubblicato nel 1999 da *L'Idea* di New York, riporta gli eventi tragici occorsi nel marzo di quell'anno, in concomitanza con i festeggiamenti per l'anniversario della nascita della rivista *L'Idea*, di cui sono stato direttore editoriale negli ultimi 13 anni.

"L'importanza dell'Internet" narra le mie traversie con la compagnia che offriva il servizio Internet a Miami Beach, in Florida, e fu pubblicato da *L'Idea* nel 2007.

"Welcome to the United States" apparve in versione ridotta, con il titolo "La nave", su *L'Idea* nel 2006. Rimaneggiato ed ampliato, il racconto sarà pubblicato nel 2009 nella rivista *Nel Racconto*, che nel frattempo ha spostato i suoi uffici da Clarens, in Svizzera, a Genova. Il racconto narra il mio viaggio migratorio negli Stati Uniti, nell'ormai lontano 1969, e le mie prime esperienze ed impressioni sul suolo americano.

Nello stesso numero della rivista *Nel Racconto* si potrà trovare, inoltre, il racconto "La bandiera", che illustra un episodio della vita di mio padre.

"Caro Fantozzi..." è un racconto inedito nato nel 2008, a distanza di un anno dal mio infausto viaggio in Italia alla ricerca di un ultimo addio con mio fratello. Ai lettori potrà sembrare strano che una tragedia possa aver fatto nascere una narrativa serio-comica, ma la distanza fra i due è molto spesso solo nella posizione nella quale ci si trova, vale a dire se quella di osservato o di osservatore. Quante volte, del resto, avrete detto a voi stessi: "Se non la stessi vivendo io, quest'avventura, potrei anche riderci sopra". A questo punto, la tragedia non la si può cambiare, tuttavia posso sempre ridere alle mie peripezie, che al momento mi parevano insormontabili.

"New York e gli Italiani" è un saggio apparso nella rivista virtuale *Racconti e Letteratura*, sulla quale furono pubblicati una serie di miei articoli sull'argomento "Gli italiani a New York", e pubblicato nel 2000 da *L'Idea*. La decisione di includere questo articolo, che vinse la medaglia d'oro al Premio Emigrazione del 2000, è legata al bisogno di rispondere, anche se in maniera concisa, alle incessanti domande che mi vengono fatte riguardo la nostra comunità italoamericana.

Tiziano Thomas Dossena

IL FILOSOFO

Chi o quando gli avesse appioppato tale soprannome a Daniele non fu mai possibile saperlo, ma qualsiasi persona esposta all'astrusità delle sue espressioni verbali avrebbe certamente concordato con l'ironia di cui era carica la scelta dell'appellativo.

"Il filosofo" era molto orgoglioso della sua posizione privilegiata in seno all'Organizzazione e della forzata deferenza che altri colleghi di minore peso, quei pochi che lo avevano incontrato, gli dimostravano. In fondo, lui era un "libero professionista" e poteva creare progetti indipendenti seguendo le direttive generali che gli erano state fornite dall'Organizzazione e questo lo faceva sentire molto diverso dai suoi compagni. Certo, diverso dagli altri poteva anche esserlo, ma il freddo lo sentiva pure lui...

Erano già venti minuti che stava "godendosi il paesaggio" ed il freddo gli aveva penetrato le ossa. Peccato che avesse già preso l'impegno con la Direzione per questo progetto: sarebbe stato un giorno ideale da passare in compagnia di Roberta, nel tepore del suo letto... Se non fosse stato un uomo di parola...

Il cielo terso e l'aria fresca penetrante erano tipici di una giornata di primavera, ma gli alberi spogli e i rari passanti intabarrati nei loro cappotti toglievano ogni speranza. Un poeta o un pittore avrebbero potuto apprezzare quel paesaggio, apparentemente triste, ma in realtà intriso di una beltà che trascendeva i valori classici. Non vi era angolo che non avesse impregnato in sé tutti i colori, anche se ormai calati di vivacità, dell'autunno passato. Le foglie rimaste tra i viali parevano tacite testimoni e contemporaneamente scialbe pennellate finali al quadro che si presentava all'osservatore avvezzo a ricercare un po' di natura tra le masse di cemento.

Daniele si era proposto varie volte di visitare quei giardini pubblici, solo ricordo positivo della sua adolescenza, ma gli impegni di lavoro nelle altre città non glielo avevano permesso. Ora, per la prima volta in tanti anni, si trovava lì, seduto su una panchina vandalizzata, a contatto con la natura che egli tanto amava, e ironicamente era impossibilitato ad apprezzare ciò che lo circondava.

Quel freddo lo infastidiva terribilmente e avrebbe voluto poter correre tra le aiuole come faceva da ragazzino, quando si esiliava volontariamente dai problemi del mondo

2

rifugiandosi in quel fazzoletto di verde. Se solo avesse indossato la giacca pesante...

Altri cinque o sei minuti e Giovanni sarebbe arrivato, puntuale come sempre, e l'attesa avrebbe avuto fine. Lavorare in un giorno così freddo era del resto una fortuna perché gli avrebbe evitato inutili fastidi con testimoni casuali, quelli che non si fanno mai i cavoli propri...

Daniele non era mai riuscito a legare completamente con alcuna persona del proprio sesso, tranne che con Giovanni, forse anche a causa delle sue idee un po' particolari su ogni argomento che si volesse trattare. Difatti, egli compativa e giudicava silenziosamente il resto dell'umanità per quella maledetta tendenza ad apprezzare solo ciò che è rigoglioso. "È troppo facile amare la natura quand'essa è all'apice della floridezza, ma è più bello, puro, spontaneo, amarla quando diviene spoglia, privata del superfluo che nasconde la sua più intima bellezza..." e così pensando stipulava mentalmente nuovi criteri sulla purezza e spontaneità che forse ben pochi avrebbero compreso e tanto meno accettato.

Lui però i suoi pensieri e le sue teorie li teneva ben nascosti ultimamente, perché aveva compreso che il mondo non era pronto ad accettarli. Era ben questa, del resto, la ragione fondamentale per cui era entrato a far parte della Organizzazione: il

"È troppo facile amare la natura quand'essa è all'apice della floridezza, ma è più bello, puro, spontaneo, amarla quando diviene spoglia, privata del superfluo che nasconde la sua più intima bellezza..."

mondo doveva prepararsi a cambiare, i confini dovevano cadere e con essi i governi. Per far ciò non era più sufficiente lamentarsi e protestare, ma bisognava agire, liberare la società dai corruttori e da tutti quelli che si sarebbero opposti finché il popolo avrebbe compreso gli alti ideali che spingevano uomini come Daniele e il Signor Rossi e si sarebbe unito a loro. Rossi, il Direttore, era un uomo tutto di un pezzo ed era un peccato che solo pochi, per motivi di sicurezza, conoscessero la sua vera identità.

Daniele era sicuro che i compagni avrebbero capito e lo avrebbero rispettato ancora di più se avessero saputo chi fosse veramente l'individuo che si nascondeva sotto lo pseudonimo di Rossi... un uomo di successo, di carriera, che rischiava di distruggere tutto il lavoro di una vita per un innato, incontrollabile senso di giustizia. Anche Giovanni, però, era d'accordo con Rossi: non era ancora venuta l'ora di farsi conoscere...

Giovanni..., anche lui era un pilastro dell'Organizzazione. Proprio lui gli aveva trovato una posizione, ma ora pareva che avesse perso l'entusiasmo, la fede, e si era dimostrato sempre più restio ad accettare la validità delle loro azioni. Rossi aveva detto che così non poteva andare avanti: Giovanni non meritava la posizione di prestigio che la Direzione gli aveva assegnato ed era meglio che fosse licenziato senza indugi.

5

Mentre rimuginava su questi pensieri vide Giovanni avanzare dall'entrata del parco. Pochi secondi e s'incontrarono. Si abbracciarono senza scambiarsi una parola, come era loro d'uso. L'amico lo fissò in volto e, infastidito da quella sua espressione un po' distante, sbottò: "Mi sembri strano, oggi. Che cavolo hai? Problemi di donne?" Daniele restò muto ed estrasse la sua adorata Browning, munita di silenziatore, dal giubbotto, mentre Giovanni sbiancò, indietreggiando istintivamente. I due colpi quasi non fecero rumore.

L'amico giaceva ora al suolo, le mani strette al petto, quasi in un ultimo, inutile gesto d'implorazione, nel volto una smorfia di stupore. Daniele si chinò verso di lui, gli sfilò di sotto il braccio un plico insanguinato e dalla cinta la sua inseparabile Beretta. Dopo di ciò, "il filosofo" si guardò in giro, si voltò freddamente e si incamminò nella direzione dalla quale era venuto, pensando che ora, completato il progetto, poteva bersi un buon latte caldo e chiamare Roberta per vedere se era libera...

Se solo non ci fosse stato quel vento freddo che gli causava dei brividi, sarebbe stata una magnifica giornata. Pareva quasi primavera...

IL PESO DELLA COSCIENZA

Sentì un brivido lungo la schiena, poi gli tornarono i soliti crampi intestinali, quelli che aveva quasi sempre, da quando conosceva lei.

A lui, proprio a lui! Inutile farsi domande a cui nessuno ha mai risposto... Ma come? Sembrava tutto a posto, non c'era errore... e allora?

S'infilò il giaccone in fretta ed uscì lasciando l'uscio socchiuso. A pianterreno udì lo sbattere della porta, preceduto dal suo nome, reso quasi monosillabico da una voce autoritaria ed alterata. Continuò a camminare come se niente fosse successo. Ma niente era successo. Una vita... solo una vita.

Raggiunse il boschetto che da due anni a quella parte era stato adibito a parco pubblico, cercando invano un qualcosa a cui appigliarsi per non cadere ulteriormente in quella profonda confusione mentale nella quale era prono a trovarsi nelle ultime ore. Le panchine prematuramente scolorite e le foglie avvizzite parevano esistere solo come sfida alla sua stabilità mentale. Emise un lungo sospiro e si appoggiò ad un albero, chiudendo gli occhi nella speranza di potere scordarsi di tutto.

Si mise ad ascoltare il proprio respiro, cercando di comprendere se quel fastidioso peso che sentiva nel petto fosse una cosa fisica oppure... ma no, a cosa stava pensando? La coscienza non ha un peso: è solo un'invenzione dell'uomo. Come tante altre del resto: la religione, il socialismo, la generosità e anche l'amore. Certo, l'amore, come nei film: passeggiate in riva al mare, il chiaro di luna, quei sorrisi ammiccanti e poi... In fondo a lui non gliene era fregato mai niente di tutto questo, ma solo del poi.

Proprio nel mezzo dei suoi pensieri udì un rumore ed aprì gli occhi: un bimbo si era affacciato al sentiero, camminando cautamente. Il suo atteggiamento dava evidente la sua vera professione: era un cacciatore di leoni. Gli si avvicinò ignorandolo, assorto com'era nelle sue attività, poi s'avvide della presenza di uno scoiattolo tra le frasche e si fermò: come ripiego poteva certo andare bene... Il bimbo raccolse un bastone e si avviò lentamente verso la bestiola, che al primo lieve fruscio fu tutt'una con le fronde più alte. L'interesse del giovinetto calò: in fondo era solo un ripiego...

Con la sua arma percosse l'albero senza convinzione, poi le rare felci circostanti, portando distruzione. Una voce femminile disturbò i suoi affaccendamenti. Rimase dubbioso un secondo, poi partì come il vento. Pareva però che il bosco non volesse perdere il piccolo avventuriero: un arbusto lo afferrò al collo del piede e gli fece abbracciare il suolo. Si ritrovò sdraiato, così, senza un gemito.

Istintivamente la sua mano si protese verso il bimbo che, accorgendosi solo ora della sua presenza, si rialzò subitamente e lo fissò. Nel suo sguardo profondo, strabiliato, sembrava vi fosse stato accumulato tutto il dolore del mondo, anche quello dell'uomo che gli stava di fronte...ma non per molto. Quell'espressione mutò quasi istantaneamente in una smorfia infantile, seguita da un pianto dirotto. In un attimo l'incantesimo si ruppe e parve che tutto crollasse.

Rimasto solo più di prima non poté fare a meno di rimuginare sull'inevitabilità della sua decisione, ma più ci pensava e più si accorgeva che forse avrebbe potuto fare altrimenti. Forse...

La natura gli ricordava la sua colpa con il canto degli uccelli, rimasti quasi per fare dispetto alla stagione. Il confronto con sé stesso, con tutta quella morale che lui apparentemente aveva gettato alle ortiche, gli apparve in tutta la sua importanza. Quel peso nel petto, poi, credeva che fosse sparito con quel bimbo, ma era lì, sempre lì, come testimone di tutto ciò che a lui stava accadendo.

Si avviò deciso verso la piazza, pensando già a ciò che avrebbe detto, le parole che avrebbe usato, la felicità di entrambi. Si, perché in fondo lui le voleva un gran bene, solo che non aveva mai voluto confessarlo a lei, e poi nemmeno lui ci aveva mai creduto fino a pochi minuti prima.

Nell'infilare la moneta gli tremavano le mani, ma certamente erano brividi causati dal vento, quel vento freddo che tante volte lui, da bambino, aveva odiato perché spogliava la natura del suo verde.

"Pronto?... Come?!... I signori sono all'ospedale?!... Un'infezione è sopravvenuta al...?! Molto grave?!... Ma senta... no, fa niente, richiamerò più tardi, grazie".

Si, avrebbe chiamato più tardi, ma ormai per molte cose era già troppo tardi.

Donna sulle rocce.

IL PIANTO

Quando osservava il cielo pulito nelle giornate di vento, le rondini che tornano al loro nido, le onde spumose che si rincorrono eternamente per poi morire tra rocce e sabbia, o qualsiasi altro quadretto della natura caratterizzato da quegli aspetti che l'animo nobile classificherebbe come "belli", egli si sentiva il cuore attanagliare da una certa angoscia, quasi come se tutto ciò che lo circondava dovesse essere perso da un secondo all'altro. Il fatto che altre persone avessero provato le medesime emozioni non lo rassicurava affatto, anzi lo irritava ancor più.

Non sopportava l'idea che altri avessero potuto anche lontanamente avvicinarsi alle sue sensazioni. Sapeva che non poteva essere altrimenti, ma continuava a negarlo a se stesso quale ultima risorsa, a suo incontestabile ed inappellabile giudizio, contro la pazzia. Sì, lui era a conoscenza della sua fragilità psichica (non era forse così che l'aveva definita il dottor Cohen ai suoi genitori un giorno, credendo che lui non potesse udirlo?) e faceva di questa una barriera per potere sempre più rifugiarsi nella sua vita interiore, colma anzi satura di malinconie tristezze depressioni solitudine, ma sua, inequivocabilmente, esclusivamente sua. Godeva nell'annientare il proprio animo di fronte ad un tramonto, seduto su una panchina isolata, con lo sguardo immerso nel vuoto.

Piangere! Avesse solo potuto piangere! Nella sua vita da adulto non vi erano lacrime e di questo non poteva che rammaricarsene. Egli provava l'assurda sensazione che qualcuno, a sua insaputa, gli avesse estratto le ghiandole lacrimali e ciò gli impediva di fare quello che a lui sarebbe stato più congeniale: piangere. Gli amici, se così poteva chiamare quei pochi conoscenti suoi coetanei che rare volte aveva frequentato, più per forzatura materna che per proprio interesse, loro sì che erano fortunati: potevano piangere. Avrebbe anche potuto essere il titolo di un film: L'uomo senza lacrime, sennonché un produttore avrebbe riso di buon cuore nello scoprire che il personaggio principale non era un duro alla Humphrey Bogart, bensì un povero cretino con il desiderio irrefrenabile di assaggiare i propri umori lacrimali. Decisamente era stufo di apparire a tutti come un insensibile egoista, ma lui proprio non riusciva ad esprimere con il pianto le proprie tristezze delusioni rabbie. Se solo ci fosse riuscito... Si domandava se in tal caso egli sarebbe stato sempre con le lacrime agli occhi, come la signora Beltrami, che annaffiava il mondo in un continuo pluvio causato inizialmente da un lontano dissidio con la figlia ed ora stimolato da

14

gioie dolori politica meteorologia. Oppure sarebbe riuscito a gestire quel dono del Cielo con parsimonia ed accortezza. Che importanza potevano avere tutte quelle fantasie? Lui di lacrime non ne versava e non ne avrebbe mai e poi mai versate. Non era così fortunato, lui!

Di ragazze non ne aveva mai voluto saperne perché piangevano troppo e ciò lo faceva imbestialire. Gli piacevano, ma la rabbia e l'invidia erano più forti che qualsiasi attrazione fisica. Questo sofferto ragionamento lo aveva portato alla tenera età di ventisei anni senza altro rapporto di coppia che il classico scambio di sguardi da pesce lesso e qualche sorriso forzato ed involontariamente malizioso con la figlia dei Petitti, quei tizi invadenti del terzo piano. Odiava se stesso per questo aspetto del suo carattere che gli negava quello che gli sarebbe spettato di diritto, cioè la gioventù, e si struggeva al pensiero che sua madre si preoccupasse sempre più per la sua apatia. Queste erano ragioni valide per chiudersi ancor più in se stesso, farsi piccolo, piccolo, sempre più piccolo fino a sparire, cancellare ogni proprio desiderio per far pagare al proprio animo codardo l'incapacità di piangere.

Ricordava ancora il giorno in cui era morta sua nonna con tristezza mista a rabbia. Aveva adorato la nonna, sebbene non fosse mai riuscito ad esprimere tangibilmente questo sentimento. Di certo lei lo aveva capito perché gli anziani hanno

15

esperienza ed una maggiore sensibilità, e poi la nonna era una persona speciale, una di quelle che non si trovano più... Già, non si trovano più...

Quando lei morì lui era presente. Era l'unico ad essere in casa in quel momento ed aveva sentito la nonna lamentarsi per una buona mezz'ora, poi più nulla Si era impensierito ed era entrato nella sua stanza: lei era là, seduta sul letto, con un'espressione stravolta in viso, e piangeva sommessamente. Quando lo vide, emise come in un gemito: "Vieni, Francesco" e poi continuò a piangere. Lui non capiva bene che cosa stesse succedendo, dato che allora era ancora molto giovane, ma le si avvicinò rispettosamente, quasi fosse conscio dell'importanza del momento. La nonna gli fece una carezza senza fermare il pianto ormai copioso. Un ultimo sospiro: "Francesco... Francesco". Poi tacque. Non comprese subito cosa significasse quel silenzio innaturale, ma sentì ugualmente un nodo formarsi nel petto, una sensazione inspiegabile e mai provata. Per un attimo si sentì come se fosse senza peso, poi la stanza gli sembrò deforme, le mani gli diventarono gelide e le labbra asciutte. Avrebbe voluto piangere, ma qualcosa lo bloccò: forse l'arrivo della madre, le grida, il telefono, la confusione... Non pianse allora e non aveva pianto più.

Oggi, a distanza di sedici anni, nulla era mutato. Lì, di fronte alla tomba della nonna, con il volto contrito ed un mazzo di rose rosse – – oh quanto amava le rose la nonna – – si sentiva come allora un povero essere incapace di piangere. Perché poi la nonna piangesse fu per lui sempre un mistero. Aveva forse paura di morire? No, la nonna no, lei non aveva mai avuto paura. Chissà allora quali dispiaceri avevano infranto il povero vecchio cuore... Se solo avesse potuto capire!...

"Francesco". A sentire pronunciare il proprio nome da una voce sconosciuta trasalì. Il volto che si presentò alla rapida ispezione dei suoi occhi era vagamente familiare, ma egli non rammentava di avere mai incontrato quell'omone dai capelli grigi che lo stava guardando con bonarietà e con uno smagliante sorriso stampato sul volto. "Non mi riconosci? Sono lo zio Alberto." La sorpresa di trovarlo in quel luogo, in un giorno feriale, sedici anni dopo... beh, proprio lui che abitava all'estero e che non si era neanche scomodato di venire al funerale della nonna! A Francesco parve incredibile. Le parole ebbero una difficoltà tremenda a sorpassare la barriera creata dalla lingua, improvvisamente turgida e implacabilmente pressata contro le labbra serrate: "C... Come stai, zio?". "Non ci si può lamentare. Certo non ho più vent'anni e dopo quell'incidente non sono stato più lo stesso."
"Incidente?...", Francesco esclamò meravigliato e leggermente frastornato, "...quale incidente?".
"Forse tu eri troppo giovane allora e può darsi che non ricorderai. Avvenne circa sedici anni fa, poco prima che la mamma, cioè tua nonna... Sai, ne

...lei era là, seduta sul letto, con un'espressione stravolta in viso, e piangeva sommessamente...

uscii vivo per miracolo, sì, proprio per miracolo...".

Con queste parole, cariche di memorie spiacevoli, lo zio troncò bruscamente il discorso e si girò sveltamente per nascondere le proprie lacrime, scusandosi per l'allergia che, a suo dire, lo tormentava da anni.

Francesco fu colpito da un dubbio terribile. "Ma, allora, la nonna sapeva...". Lo zio Alberto lo fissò per un attimo, scrutandolo a fondo in una inutile ricerca di emozioni visibili. Francesco si era irrigidito ed aveva sentito uno strano calore raggiungere le tempie. Avrebbe voluto chiedere ulteriori spiegazioni o chiarificazioni, per potere rompere una volta per tutte quell'orribile muro che lo isolava dagli altri, ma le parole gli morirono in gola.

Quell'uomo pacato dall'argenteo crine, con lo sguardo dolce che rammentava quello della nonna e che dava al suo volto una espressione serafica, afferrò la singolarità della situazione che si era creata. Istintivamente continuò il dialogo interrotto, sperando forse di essere in qualche modo d'aiuto al nipote: "La nonna era a conoscenza del mio incidente, dato che il consolato le aveva telefonato quasi immediatamente. Appena potei riprendere l'uso della mano, scrissi una lunga lettera, rassicurandola sulla mia sorte. Povera donna! Tua

19

madre mi scrisse, informandomi che era morta serena... Sai, Francesco, i dottori non volevano credere che avesse potuto resistere così a lungo, con il suo fisico gracile... Sono convinto che combatté con la morte finché non fu sicura che io fossi vivo. Pensa che le trovarono la mia lettera tra le mani, ancora umida... Chissà quanto avrà pianto di gioia. Sai, lei... Ma che fai, Francesco, piangi?!

IL TELEFONO GIALLO

I vetri delle finestre emettevano un suono raccapricciante al continuo rintronare dei tuoni, mentre la pioggia impietosamente ritmava musiche tribali su una latta lasciata ad arrugginire sul balcone. Erano già le tre ed il telefono non accennava a dare segni di vita: troneggiava con il suo impudico color giallo zafferano nel bel mezzo di una mensola, acquistata esclusivamente per la sua comodità, ammutolito, quasi fosse offeso. Giorgio avrebbe voluto comunicare con quell'oggetto ibrido, ma gli risultava impossibile. Del resto il loro rapporto si era rivelato difficile fin dagli inizi...

Ricordava nitidamente e con inquietudine il giorno del suo arrivo: l'installatore, un uomo atticciato infilato a fatica in una tuta impropriamente bianca, aveva estratto con naturalezza quell'oggetto stranissimo dal suo contenitore di cartone, ponendolo con cautela sul pavimento.

All'apparizione di quel giocattolo avveniristico,

Giorgio aveva accennato rispettosamente al fatto che l'ordinazione originale si riferiva ad un modello classico da tavolino, di colore nocciola, ma a nulla valsero le sue rimostranze tranne che ad irritare il candido teatrante e a fargli interrompere l'installazione per offrire a Giorgio una dimostrazione pratica della maneggevolezza di quell'apparecchio.

Dopo una cicalata di oltre dieci minuti, intercalata da centinaia di sospiri e gesticolazioni, il tecnico riprese il proprio lavoro in un riverente mutismo. Giorgio fu colpito dalla delicatezza con cui quell'omone maneggiava l'insulso marchingegno e, insospettito, si peritò di aggiungere ulteriori proteste. L'aggancio dello spinotto fu ultimato in un silenzio religioso: a lui era parsa una semplice spina telefonica, ma l'appellativo confidenziale usato dal tecnico gli aveva fatto sorgere il dubbio che il suo giudizio fosse errato e che in essa si racchiudesse chissà quale misterioso potere per cui, prima o poi, egli sarebbe riuscito a provare per essa, o per esso, un'irresistibile simpatia. Mentre Giorgio sfogliava il catalogo dei vari modelli di apparecchio telefonico, il tecnico artatamente preparò i documenti per la consegna e glieli fece firmare mostrando un'improvvisa ed inspiegabile fretta. Fu così che Aster fece la sua entrata trionfale e subdola in casa di Giorgio.

Dopo i primi attimi di diffidenza, egli alfine si avvicinò all'apparecchio e lo carezzò. Il materiale plastico, del quale la struttura esterna di Aster era composto, gli diede una sensazione strana, quasi fosse gelatina. Il design era stato ideato e curato da Maxine, che non era una progettista francese come faceva credere il nome, bensì un computer della serie Optimum 927 o qualcosa del genere.

Dopo averlo riposto sulla mensola, Giorgio si sedette sulla poltrona ad osservare quel giallume astrale, sforzandosi di provare soddisfazione per il lungamente atteso possesso di un apparecchio telefonico.

Stranamente, la bolla di consegna da lui firmata parlava chiaramente di apparecchio telefonico da tavolo di colore nocciola, e ciò tarpò le ali all'entusiasmo ormai nascente. Cercò di cancellare quella fastidiosa sensazione di essere stato turlupinato, reputando che in fondo a lui il telefono serviva e anche se il colore non fosse proprio di suo gradimento, non toglieva nulla alla funzionalità dello strumento. Dopo vari intrecci mentali, egli decise di inaugurare la linea telefonica facendo una chiamata a Marisa, la sua ragazza. Sollevò il ricevitore ed udì lo sciacquio delle onde marine per qualche secondo, poi più nulla. Ripose il ricevitore con violenza e diede sfogo alla sua rabbia elencando alle pareti della sala tutti gli improperi conosciuti.

Quando riuscì a riprendere parzialmente il controllo dei propri nervi, egli riprese la cornetta e compose il numero del centralino, deciso a gridare la propria esasperazione alla prima persona con la quale avrebbe potuto parlare. Quando il centralinista rispose egli ammutolì: come poteva protestare del mancato funzionamento di un apparecchio da cui stava parlando? Egli si riconobbe doppiamente idiota e chiuse la comunicazione. Per il resto della giornata Giorgio evitò di posare lo sguardo nell'angolo di sala dove era avvenuto il misfatto. Annottava quando egli trovò il coraggio di riavvicinarsi a quell'aberrazione giallastra e azzardarsi a verificarne la funzionalità.

Al contatto dell'orecchio il ricevitore emise un lungo e ripetuto vagito, distruggendo gli ultimi dubbi rimasti. Giorgio chiamò Marisa, poi Gianni, poi Stefano, poi tanti altri, cosicché, quando la cornetta venne messa a riposo, l'orecchio destro era indolenzito e caldo, la sua voce rauca e le labbra secche, ma l'animo era sereno e dimentico dell'avvilimento di qualche ora prima.

Per due giorni vi fu tregua, poi il terzo giorno avvenne il miracolo: per la prima volta il telefono squillò. Giorgio rispose soddisfatto alla chiamata, ignaro che la guerra tra lui ed Aster fosse stata dichiarata: il segnale di occupato lo derise. Nei seguenti quarantacinque minuti il telefono trillò la propria sfida ben ventidue volte, per cui Giorgio decise di andare a prendere una boccata d'aria.

Dopo aver ingoiato di malavoglia due bocconi

da Alfredo, decise di andare a fare quattro salti allo Xylon. Chiamò Marisa da un telefono pubblico, ma non la trovò. Pensò che forse lei ce l'aveva un po' su con lui per la faccenda del telefono, trovandola una delle sue solite scuse, e che fosse andata con le amiche a quel maledetto dancing. Risolse di andarci lo stesso, da solo. Marisa non c'era. Si stancò ben presto e s'incamminò per casa. Arrivò alla porta del proprio appartamento quasi senza accorgersi. Si stupì di sentirsi così leggero, rinnovato. Dopo tutto era stata una serata del cavolo... Infilò intrepido la chiave nella toppa e subito udì Aster lanciare il proprio grido d'assalto.

Giorgio si affrettò ad entrare e a sollevare il ricevitore: il segnale di occupato persisteva... Egli decise che era venuto il momento di tenere staccata la cornetta dalla forcella, non immaginando che l'insistenza di Aster si sarebbe dimostrata superiore ad ogni aspettativa e al di là di ogni logica.

Dopo circa venti minuti il telefono scampanellò misteriosamente ed insistentemente. Giorgio portò il ricevitore all'orecchio per curiosità, sorpreso dalla sconosciuta possibilità che potesse trillare anche con la cornetta staccata, e rimase esterrefatto nell'udire una voce di chiara estrazione digitale ripetere l'orario esatto. Vi era un solo modo per costringere Aster al silenzio, ma ciò precludeva qualsiasi contatto con l'esterno e gli parve una mossa avventata, nonostante la esasperante situazione. Decise quindi di telefonare al centralino usando proprio quel meraviglioso apparecchio, che nel frattempo aveva ripreso ad emettere un belante suono di libero.

La centralinista lo rassicurò, confidandogli che vi erano stati problemi di linea, causati da un cattivo funzionamento di una centralina proprio nella sua zona, ma che egli non si doveva turbare, perché ormai erano stati risolti. Con voce suadente e leggermente sensuale la centralinista si identificò con il nome di Stefania e aggiunse che se proprio avesse avuto altri disturbi avrebbe potuto richiamarla e lei si sarebbe interessata del suo caso personalmente. Rimuginando sul fatto che per qualche ragione imperscrutabile, queste invisibili rappresentanti della telefonia non si chiamassero mai Genoveffa o Ermenegilda, egli chiuse prestamente la comunicazione. Dopo di ciò Aster tacque, a conferma della veridicità di Stefania o Ermenegilda qual fosse. Era stata una giornata faticosa e decisamente stressante ed egli si avviò in direzione della propria stanza da letto senza esitazioni. Il letto gli parve offrire un rifugio dal quale non si sentì di fuggire. Si sfilò le scarpe e si lasciò scivolare nell'abbraccio delle fresche lenzuola, senza neanche svestirsi.

Alle due e mezza, quando ormai un sonno profondo aveva accolto Giorgio nella propria cappa protettiva, le trombe del giudizio suonarono il raduno nella ormai odiata sala.

Alle due e mezza, quando ormai un sonno
profondo aveva accolto Giorgio nella propria
cappa protettiva...

L'effetto subitaneo fu di rendere scattante un corpo ormai notoriamente aduso alla sedentarietà, mentre i risultati finali della gimcana nel buio della stanza furono un ematoma al ginocchio, la rottura di un vaso di ceramica cinese con molta probabilità del periodo Ming, a detta dell'antiquario amico di famiglia, e una miriade di tagli nel piede destro. Al suo arrivo al cospetto dell'infernale aggeggio sopravvenne il silenzio. Giorgio rimase pietrificato nella sua posizione da fenicottero, fendendo il buio con il suo sguardo carico d'odio. Poco per volta si accorse che il silenzio non era perfetto: un mesto, ripetuto gemito proveniva dall'angolo in cui Aster avrebbe dovuto essere. Egli decise alfine di illuminare la stanza e premette l'interruttore. Aster continuò a lamentarsi, probabilmente ignaro della sua presenza. In un istante chiarificante Giorgio comprese l'importanza dello "spinotto" ed interruppe brutalmente l'amplesso tra il telefono e la presa a muro. Un ghigno satanico gli pervase il volto. Il piede sanguinava abbondantemente sul tappeto Astrakan, presumibilmente di un certo valore, a detta dello stesso amico di famiglia, a riprova della validità del proverbio "chi rompe paga e i cocci sono suoi", ma egli non se ne curò molto, tanto era grande la soddisfazione di aver tacitato il mostruoso apparecchio. Dopo quella notte l'allacciamento venne eseguito solo quando Giorgio necessitasse l'uso dell'apparecchio; così almeno per una settimana o poco più.

Quando le proteste degli amici e della fidanzata a proposito della sua indisponibilità divennero insistenti, egli si decise ad innestare definitivamente lo spinotto, nella speranza che qualcosa fosse cambiato. Gli parve inverosimile che tutte le sue pene potessero essere finite e, nel corso della giornata, verificò più volte la funzionalità di Aster, constatandone con gradevole sorpresa la piena salute.

Passarono settimane di magia, nelle quali i soli suoni presenti in casa erano il ticchettio dell'orologio ed il ciclico ronzare del frigorifero, il cui compressore soffriva ormai di ricorrenti crisi isteriche. Ma, dopo due mesi di assoluta mancanza di chiamate, il sospetto che tutto questo non fosse dovuto al caso, bensì fosse un'altra mossa strategica di quell'odioso oggetto mirata a esasperarlo, divenne sicurezza.

Gli amici confermarono i loro inutili tentativi di raggiungerlo telefonicamente e Marisa lo informò che nel frattempo aveva incontrato un tizio tutto di un pezzo, con il telefono funzionante ventiquattro ore al giorno, e se ne era inevitabilmente innamorata...

L'esasperazione delle settimane passate in compagnia di Aster lo costrinse ad optare per una scelta inevitabile. Si mise dunque in contatto con la compagnia telefonica, spiegando nei dettagli il suo "caso" ad un addetto dalla voce untuosa ed irritante. Al termine della conversazione, Stefano — quando mai si trova un Ermenegildo nel

29

bisogno?— gli promise che la Direzione avrebbe preso una decisione entro la mattinata e lo avrebbero avvisato immediatamente sull'esito di questa. Il pomeriggio era arrivato però senza alcuna novità... Il temporale faceva da sfondo melodrammatico all'assurda situazione che si era creata e Giorgio era conseguentemente giunto al limite della propria pazienza.

Alle quattro pomeridiane il campanello misteriosamente trillò, ma egli si rese subito conto che qualcosa non quadrava. Si alzò dalla poltrona e si piantò davanti ad Aster, pronto a fare una pazzia nel caso lo squillo non venisse ripetuto. Il campanello secondò il proprio richiamo e solo allora egli si accorse che il suono proveniva dalla porta d'entrata. Andò ad aprire: due uomini in tuta bianca lo stavano attendendo pazientemente.

Con un sorriso da pubblicità da pasta dentifricia gli porsero le scuse della Direzione, aggiungendo spiegazioni complesse ed incomprensibili su alcuni aspetti tecnici della linea "Aster" che avevano causato dei problemucci qua e là nella rete telefonica.

«Deve sapere» aggiunse uno dei due angeli liberatori «che Aster aveva delle funzioni supplementari, quali la "sveglia sensoria" e la "immissione telecomandata del contatto percettivo ultraselezionato", ma tutte queste caratteristiche non erano state sperimentate a fondo e si sono rivelate imperfette. Dunque, la progettazione di un nuovo modello Aster, ancora

30

più perfezionato, è stata scartata, la produzione interrotta e gli apparecchi ancora in dotazione agli utenti ritirati. Se non vi fosse stato un errore di trascrizione, per cui alla centrale Lei risultava in possesso di un telefono da tavolo di color nocciola, noi saremmo venuti a ritirare Aster alcune settimane fa. Sfortunatamente, vi è stato questo strano "qui pro quo", e allora... Ma adesso tutto è a posto e Lei avrà alfine un telefono funzionante e di Suo gradimento. Basta mettere una firma qui... e qui. Ecco, bravo.»

Giorgio era tanto eccitato che non riusciva a proferire una parola. Quell'arfasatto del tecnico precedente si era preso gioco di lui, ma tutto era finito. Quell'irritante, giallognolo insulto all'estetica se ne sarebbe andato per sempre...

«Mi scusi, signor Palmer, ma Lei sa che onore Le è stato conferito dalla Direzione? Lei sarà il primo utente in assoluto a essere in possesso di un telefono della serie "Vega"! Sa, quella che ha sostituito la serie Aster...» «Io, veramente, avrei ordinato un telefono da tavolo color nocciola.» riuscì ad esalare Giorgio, interrompendo la disdegnata inaugurazione terrorizzato.

«Signor Palmer, Signor Palmer...», replicò con tono di rimprovero il più anziano dei due liberatori, «ma Lei non si rende conto che il Vega non è come l'Aster... Guardi, glielo dico come se fosse mio figlio. Lei permette, vero? Sa, ho un figlio che avrà la sua età... Le somiglia anche un poco di profilo... Beh, bando alle chiacchiere... Stavo dicendole che la serie Vega è stata concepita in tutti i dettagli da un computer dotato di un'intelligenza virtuale incomparabile, l'Optimum 929. Tutto quello che nel modello Aster non funzionava perfettamente è stato eliminato oppure perfezionato. Inoltre, il modello Vega ha l'effetto stereo, la sonorizzazione bipolare incorporata, la segreteria telefonica con scelta di lingua e tonalità e con selezione automatizzata di esclusione di chiamate provenienti da persone sgradite. Non parliamo poi della microanalisi dei messaggi e dei numeri di chiamata, con possibilità di continuare la registrazione anche dopo che la comunicazione sia stata interrotta... Come può Lei pensare, anche solo per un momento, di rifiutare questo gioiello della tecnologia moderna? Ma non si rende conto che privilegio...»

Al proferire di queste ultime parole, nelle mani del tecnico apparve, con un abile gesto da prestidigitazione, una strana forma ameboide di color viola, che fu posata con delicatezza sulla mensola al posto del "vecchio" Aster, scomparso clandestinamente dal campo visivo dell'esterrefatto Giorgio.

«Guardi, non ha neanche bisogno di essere allacciato! Eh! Lei è uomo fortunato, Signor Palmer: la Sua richiesta di un "nuovo" telefono è stata accettata. Lei è ora padrone di un invidiatissimo modello Vega. Congratulazioni e arrivederci. » Pietrificato, Giorgio non trovò il coraggio né di muoversi né di guardare Vega. Nelle mani si era ritrovato la temuta bolla di consegna ed il suo sguardo si era posato immediatamente sulla descrizione dell'oggetto appena consegnatogli.. Sotto al suo indirizzo c'era chiaramente scritto: Apparecchio telefonico da tavolo serie Melody, color nocciola...

L'ubriaco.

LA CORSA

Aveva già percorso molti chilometri, o forse no. Il sole era implacabile, così diverso da quello della sua infanzia che lo avvolgeva nei suoi tiepidi raggi protettivi, dandogli un'immensa, inimitabile sensazione di benessere. Il sudore avrebbe dovuto aiutarlo nel contenere l'enorme calore che pervadeva ogni sua fibra, ma a lui pareva che fosse solo una tortura: difatti, rivoli abbondanti s'insinuavano nei più intimi anfratti del suo corpo, causandogli notevole fastidio. A tratti si ritrovava a correre con gli occhi chiusi per evitare che il sudore li penetrasse, rinnovando l'estremo bruciore.

Il vento, anziché portargli refrigerio, lo irritava ancor più, accanendosi ad infrangere minuscoli oggetti d'indecifrabile natura sul suo volto. Ecco che all'improvviso sembrava che calasse, riportando quell'insolito martellare alle tempie, per poi tornare ancor più penetrante e rubare l'ultima goccia di saliva dalle sue labbra, ormai arse dal sole. I piedi gli dolevano, ma davano la sensazione di avere ottenuto una propria autonomia di movimento. C'era in essi una perseveranza nel seguire l'ordine originale di questo suo tormentato cervello che andava ben oltre ogni aspettativa. Sentiva, o almeno gli pareva di sentire, una sempre più marcata assenza di contatto tra le proprie estremità e il resto del corpo. Non sarebbe riuscito a definire precisamente quella sensazione di distacco senza ricorrere ad analogie astruse. L'uomo sulla luna, con la sua assenza di gravità, era la prima immagine che gli venne in mente, ma ben presto ad essa si accavallarono immagini confuse di profondità marine, tuffi esplosioni ed alfine il ricordo del proprio cane che lo rincorreva e gli mordicchiava le stringhe delle scarpe. La mano si spinse istintivamente verso il cane e l'immagine svanì. Ma rimase la sensazione delle scarpe slacciate.

Non aveva il coraggio di guardare i propri piedi che riuscivano a inviare questo messaggio confuso al resto del corpo. Come poteva non avvertire più la loro presenza ed allo stesso tempo sentire la stringa battere inesorabilmente contro essi?

Nella confusione dei sensi gli parve inoltre che un dolore lancinante ai polmoni gli avesse precluso qualsiasi capacità di respirare e che nell'impeto della corsa il corpo riuscisse a funzionare in completa apnea. Ma si sbagliava. Il fiato aveva trovato anch'esso un suo ritmo e non rispondeva più né ai suoi tentativi di controllo né ai ripetuti spasmi bronchiali. Il brusio che egli aveva udito finora si era alzato di tono e di volume al medesimo istante.

Paura panico terrore. Il piede destro aveva ripreso ad inviare messaggi circa la presenza di un paio di stringhe, quasi a conferma della propria esistenza. Il brusio aumentò notevolmente fino a diventare un rombo. Il sudore gli fece strizzare gli occhi una volta di più. Alla loro riapertura vide tanta gente che gli veniva incontro gridando. Non capiva cosa dicessero, ma adesso era sicuro di una cosa, una cosa soltanto: aveva vinto!

Cavallo che muore.

MARZO 1999: A 25 ANNI DALLA PARTENZA

Doveva essere una serata speciale, colma di baci ed abbracci, strette di mano e congratulazioni, come ci si poteva aspettare da una celebrazione di questo livello. Venticinque anni al servizio della comunità, pur tra alti e bassi, sono già un evento eccezionale per qualsiasi rivista, ma essere una rivista italiana non commerciale negli USA aveva comportato sforzi ancor più degni di nota ed ammirevoli. L'*Idea* aveva raggiunto traguardi mai visti finora da alcun altro nella comunità italoamericana. Era finalmente giunto il momento in cui ci si poteva dare una manata sulle spalle e godere dei ringraziamenti formali da parte della comunità.

Tutto sarebbe stato perfetto. Ogni componente dello staff aveva fatto il proprio lavoro straordinario per far sì che ogni cosa filasse dritta. Ma non doveva essere così. Quanto fu difficile nascondere al nostro pubblico l'angoscia che ci assaliva continuamente in gola al pensiero che non si sapeva più nulla del nostro amico Franco Gassi. Franco era stato compagno di scuola per molti di noi presenti ed un amico d'infanzia per molti altri. La sua misteriosa sparizione proiettava un'ombra di malumore su tutti noi e non ci permetteva di godere dello svolgimento positivo degli eventi della serata.

Dietro alle quinte, io mi preparavo alla presentazione dei vari direttori della rivista e ripetei per l'ennesima volta la pietosa domanda: "Ma, di Franco non si sa nulla?". Gioacchino Di Giorgio, presentatore della serata ed amico intimo di Franco, mi rispose con voce stanca ed occhi umidi: "No, Tiziano, non si sa ancora nulla".

Nel corso della presentazione, al momento di parlare di Franco, mi soffermai un attimo, colto dall'emozione e dai molti pensieri che continuavano a rimbalzarmi in testa: "Forse sarebbe accaduto un miracolo e il nostro amico di una vita sarebbe salito sul palcoscenico con gli altri ex Direttori? Forse le nostre premonizioni erano errate e tutto sarebbe finito per il meglio... Forse...".

Ma lo spettacolo doveva continuare e così fu anche per la presentazione. Franco ovviamente non apparve e la sensazione d'angoscia permase in tutti i presenti, ed erano tanti, che erano consapevoli della possibile tragedia. Solo pochi giorni fa abbiamo avuto la conferma che i nostri sospetti, i nostri timori, erano sfortunatamente ben fondati: Franco aveva scelto di lasciarci per sempre, in silenzio. Ma allora erano solo timori che ci pervadevano l'animo... Ci si diceva che Franco avrebbe voluto continuare, che amava troppo *L'Idea*, ne era stato parte essenziale e dominante per un lungo periodo. Mi rammentai che l'anno scorso si era scusato con me per non aver contribuito con degli articoli negli ultimi tempi. Mi aveva espresso la sua gioia per la positiva evoluzione della rivista e rinnovato la sua stima per Leonardo e tutti noi dello staff. Appena avrebbe avuto il tempo, l'opportunità, insomma, avrebbe scritto qualcosa. Il destino ha voluto altrimenti...

Lo spettacolo continuò con il gruppo folcloristico "La bella Cumpagnie", apprezzato altamente dal pubblico sia per la loro abilità sia per la scelta dei balli. Nel corso della danza, però, una delle ragazze, Michela, barcollò e parve che si sentisse svenire. I compagni la coprirono dalla visuale del pubblico con i loro corpi e molti dei presenti non s'accorsero del malore della bella, giovane ballerina.

Il ballo finì e lei fu coricata sul retro del palco. Gioacchino rientrò prontamente sul palco ed interruppe gli applausi con voce agitata: "Scusate, ma vorrei sapere se c'è un dottore in sala". Nessuno rispose, solo un brusio enorme, che crebbe lentamente e costantemente di volume. Io e Gianvito Bottalico ci guardammo in faccia e scattammo repentinamente verso il palco. Non arrivammo neanche fino a Michela. Vidi il suo

41

volto esanime, incorniciato dai biondi capelli e mi sentii dire: "Mi sembra una cosa seria. Non c'è tempo da perdere. Bisogna chiamare il numero del pronto soccorso!".

M'incamminai automaticamente verso il retro della sala, parlando con Gianvito, oppure era già qualcun altro, non ne sono più sicuro: la mente corre tanto veloce in certi momenti, cercando di trovare una soluzione immediata ai danni della vita, che i dettagli non concernenti il dramma in sé sfumano inesorabilmente. Uno spettatore mi sentì dire che dovevo trovare un telefono e immediatamente mi rifilò in mano un telefonino cellulare. Non mi fermai neanche a ringraziare. Arrivato in fondo alla sala, lontano dal fracasso che era sopravvenuto all'annuncio, chiamai il 911, che rispose all'istante. La conversazione durò pochi secondi. Il mio tono di voce non diede adito a dubbi e la centralinista mi confermò che il soccorso era già partito.

Passarono solo due o tre minuti dalla telefonata e arrivò il primo infermiere, seguito dopo pochi secondi da altri e da polizia e pompieri. Michela repentinamente fu trasportata all'ospedale e lo spettacolo riprese, anche se ormai l'apprensione aveva carpito il cuore di tutti i presenti.

Tony Santagata, con una professionalità invidiabile, riuscì a distrarre il pubblico, facendogli dimenticare per qualche minuto la situazione dolorosa della quale era diventato involontariamente partecipe. Le sue canzoni, le battute in barese, la carica carismatica, catturarono l'attenzione degli spettatori in modo completo.

Ciononostante, il pubblico fremeva: tutti speravano che fosse stato un malore passeggero. Sapevamo che Michela aveva viaggiato in aereo e che lo strapazzo di certi viaggi può fare molti scherzi. Io non riuscivo a star fermo e mi persi molto dello spettacolo di Santagata, continuando a marciare avanti e indietro nei corridoi della sala, in attesa d'altre notizie. Sfortunatamente queste giunsero anche troppo presto: Michela non aveva superato quest'ultima prova della sua breve vita.

Le informazioni arrivarono a spezzoni, e ognuna di esse ci faceva sempre più sprofondare nell'angoscia: Michela aveva quindici anni, aveva avuto tre crisi cardiache in teatro, prima ancora di entrare nell'ambulanza, eccetera eccetera. Intanto il capogruppo della Bella Cumpagnie era crollato a terra in convulsioni irrefrenabili. Lo aiutammo a riprendere controllo di sé e ritornai in sala, cercando di non fare apparire sul mio volto l'atroce sensazione che ormai aveva conquistato il mio animo.

Tony Santagata aveva ormai terminato il proprio repertorio per la serata e si accingeva a chiudere con l'ultima canzone. Mi sedetti e un distinto signore mi chiese notizie sulla ragazza.

Mentii, dicendo che non si sapeva ancora nulla. Non mi credette. Penso che mi si leggesse dentro gli occhi quello che sapevo. Mi chiese secco: "Non sarà mica morta, vero?" Non riuscii neanche a negare. Le parole mi si bloccarono in gola. Mi alzai per non far vedere le lacrime che ormai avevano trovato una via d'uscita.

Lo spettacolo, intanto, avrebbe dovuto continuare con la presentazione di un libro, ma l'Editore, anch'egli, padre di un teenager, non riuscì a contenere il proprio tormento e proruppe: -Signori, io sono venuto apposta dall'Italia per presentare questo volume, ma... io proprio non ci riesco a continuare, dato che ho appena saputo... - Non ebbe bisogno di continuare. Molti capirono senza bisogno d'altre spiegazioni.

Un clamore enorme inondò il teatro. Pareva quasi un gemito emesso all'unisono da tutti i presenti per liberare la pena, l'inquietudine, la commozione, la pietà che avevano ormai impegnato lo spirito e ci avevano fatto un corpo solo. I volti di tutti noi mostrarono lo sgomento che provavamo per questa ragazza quindicenne, venuta dall'Italia per noi, per portarci un sorriso, i ricordi della nostra gioventù, sfiorandoci con la propria graziosità. Non tutti capirono allora che se n'era andata per sempre, senza altro preavviso. Le voci coprirono le voci, i lamenti si mischiarono alle domande, le informazioni s'intrecciavano e confusero.

44

Alla chiusura della serata, tutti gli spettatori se ne andarono mesti, alcuni tetri. Il grande cuore italiano aveva abbracciato questa nostra figlia sorella nipote e aveva pianto a lungo.

Leonardo e i componenti della delegazione regionale si recarono all'ospedale per incontrare il Console Tiriticco e aiutarlo a sbrigare le pratiche: per Leonardo fu l'inizio di un'odissea che lo coinvolse in tutti i sensi.

Nessuno di noi potrà mai dimenticare questa serata insolita e drammatica, iniziata con la celebrazione di una rivista e conclusa con l'esaltazione della vita attraverso il dono degli organi di Michela a più di quaranta persone.

L'IMPORTANZA DELL'INTERNET

Sono arrivato a Miami Beach ed è una bellissima giornata di sole. Il cielo è di un azzurro intenso e non ci sono tracce di nuvole. Fa caldo, ma non c'è molta umidità, fatto assai inconsueto in questa città, e la vacanza si prospetta ottima. C'è un solo piccolo neo, che sembra ostacolare il flusso positivo di questa nostra temporanea fuga dalla nevrosi giornaliera di New York: il servizio d'Internet, che avevamo ordinato dalla compagnia locale, non è accessibile.

Chiamo immediatamente l'Atlantic Broadband e qui comincia il mio calvario, mirato a cancellare tutti i benefici che sarebbero dovuti scaturire da un periodo seppur breve passato in un luogo idillico come questo. Dopo venti muniti d'attesa, riesco a parlare con un impiegato, che mi garantisce che il servizio funziona, e ottimamente. Io fisso il modem che mi presenta una sola luce accesa, e anch'essa fioca, quasi fosse già stanco del troppo lavoro presunto eseguito. Ripropongo al convinto specialista che il servizio non è attivo, e lui naturalmente insiste che non vede alcun problema sullo schermo del suo computer. A questo punto, allora, gli domando se sia possibile che lui mi porti il suo computer, dato che il mio sembra non funzionare.

Il lungo silenzio che segue mi conferma che il mio senso di humour non è stato completamente afferrato dal mio interlocutore. Quando, alfine, la voce ritorna, sento in essa una mutata tonalità che potrebbe essere quasi d'apprensione, ma forse mi sbaglio. Il tecnico mi garantisce che, se proprio insisto e sono certo che il servizio non mi convince, e qui apprezzo il nuovo eufemismo per "non funziona", allora m'invierà un altro tecnico a verificare cosa facessi di sbagliato con il mio computer. Insisto con la mia "gentilezza" e gli confermo che il suo modem è praticamente "morto" e che forse sarebbe opportuno che il suo tecnico verificasse invece il loro servizio.

Mi sento così carico di gentilezza, probabilmente scaturita da quest'ambiente incantevole che mi fa dimenticare la mia consueta ostilità urbana, che riesco a superare il mio istinto di dire quello che realmente mi sentirei di esprimere a proposito dei suoi commenti. Dopo alcune altre brevi spiegazioni, stacco la linea e mi rendo conto che questo è un altro mondo e il mio approccio è completamente sbagliato. Non posso pretendere che i tecnici vadano in giro a verificare il funzionamento del loro servizio d'Internet, quando il sole è così alto in cielo e il mare è di un'indescrivibile gradazione di blu. Che cosa pretendo io, di essere il solo che ama la natura?

48

Parlo con il portiere del nostro palazzo e lui mi conferma che, se mi hanno garantito che il tecnico arriverà oggi, allora posso essere sicuro al cento per cento che arriverà domani. Medito sul da fare e mi decido, dopo una veloce consultazione con mia figlia, di andare a South Beach, il centro turistico di Miami Beach, dove potremo accedere all'Internet in un caffè locale.

Il viaggio in autobus dura solo pochi minuti e la serata si svolge senza altri patemi d'animo. Riusciamo a inviare i vari messaggi urgenti e a scaricare l'informazione necessaria al proseguimento del corso che mia figlia sta prendendo "on line" presso un'Università di Albany. La felicità è, a volte, così semplice da raggiungere: basta l'accesso all'Internet. Oppure no. L'autobus di ritorno ci fa aspettare più di un'ora e poi è così pieno di passeggeri che non riesco a vedere fuori dei finestrini e così sbagliamo la fermata e dobbiamo camminare per un mezzo miglio sotto la pioggia torrenziale che si è presentata all'improvviso, avvenimento consueto nelle torride serate del sud della Florida.

Al mattino si presenta il presunto tecnico, inviato già per l'allacciamento originale dalla compagnia del servizio cavo, che subito incomincia a camminare come una tigre in gabbia, facendo spola tra l'appartamento e lo stanzino nel quale si trova la centralina del servizio televisivo e d'Internet. Dopo venti minuti l'esperto installatore, che intercala una parola spagnola a una inglese, decide che il suo lavoro è stato completato in modo corretto e che il problema è nel segnale che proviene dalla centralina. Questo, naturalmente, dopo aver insinuato parecchie volte che, forse, noi avremmo combinato il "pasticcio" inserendo lo spinotto nel computer e creando, con questo incredibile e impetuoso presupposto, questa atipica disfunzione del sistema.

Il tecnico ci lascia con la promessa che un secondo specialista sarebbe venuto in tempi brevi a verificare la discordanza tra il segnale e il modem. Faccio fatica a credergli, ma cerco di combattere il mio scetticismo e di non lasciare che questi contrattempi influenzino la mia permanenza, che si è nel frattempo ridotta di un giorno, passato ad aspettare questo maledetto servizio d'Internet.

Richiamo l'Atlantic Broadband e, dopo trenta e più minuti d'attesa e una lunga e contorta serie di messaggi che mi suggeriscono di schiacciare un numero oppure un altro, perdo la linea. Da New York, intanto, mia moglie riesce immediatamente e misteriosamente a parlare con un tecnico della compagnia che le garantisce, parola ormai magica, che un altro tecnico verrà a risolvere il "nostro problema" probabilmente questa sera. Questa nuova presa di posizione mi rassicura. Ovviamente m'irrita che lo giudichino solo un mio problema, ma almeno rimane la cortesia del "probabilmente", che pare un gesto di delicatezza a confronto del "sicuramente" del giorno prima.

La serata passa, come da immaginarsi, senza alcuna visita da parte loro. Nel frattempo abbiamo accumulato alcuni problemucci legati all'assenza dell'Internet. Io non sono riuscito a scaricare gli articoli da rivedere e mia figlia non ha potuto seguire gli sviluppi del corso. È quasi mezzanotte, quando arriviamo al "nostro" Caffè per l'usuale attività dell'ultimo minuto e il barista ci guarda in modo strano. Spieghiamoci: essere guardato in modo strano, proprio qui a Miami Beach, è quasi un onore, una medaglia alla nostra tenacia in un mondo che ormai richiede l'uso di questo stramaledetto Internet anche quando sei in vacanza. Torniamo nel nostro simpatico e congelato appartamentino verso le due di notte, stremati.

Il mattino, alle nove meno un quarto, il diretto discendente dei re Maya arriva proclamandosi liberatore degli oppressi e stabilendo che l'altro tecnico non è in realtà un vero tecnico perché non possiede uno strumento per analizzare il segnale via cavo. A questo punto suppongo che un chirurgo non sia un vero chirurgo, salvo che possieda un bisturi, ma forse non capisco la profondità del discorso che, presumibilmente, contiene qualche misterioso messaggio di contenuto tecnico che io, come ingegnere, non posso afferrare. Mi appello alla sua umanità, pregandolo di risolvere il problema, prima che il sole sparisca dal cielo per dar spazio al classico temporale tipico di questa stagione.

Dopo vari sospiri, un nuovo modem appare, a rimpiazzare quello originalmente installato e voilà, ecco l'Internet. Questo mirabolante lavoro di prestidigitazione mi ha tanto commosso che abbraccerei questo "incredibile" tecnico se non avessi terrore che questo mio gesto, in Miami, fosse mal compreso. Appena uscito dall'appartamento mia figlia attacca il computer con un accanimento quasi spaventoso. Comprendo il suo terrore di non poter completare nei tempi necessari il lavoro occorrente per il corso e cerco di non disturbare questo suo eccessivo entusiasmo per la ritrovata tecnologia.

Nel frattempo il cielo si è oscurato e una miriade di fulmini mi rammentano l'instabilità del tempo in questa stagione. Devo dare, quindi, l'addio all'idea di fare una visita in piscina o in spiaggia. La giornata la passiamo così a completare i suoi compiti e a verificare gli articoli pervenuti.

Il giorno dopo ci avventuriamo al Parrot Island, l'Isola dei Pappagalli, dove finalmente sentiamo l'effetto vacanza e ci inebriamo nel contatto con la natura. Nel tardo pomeriggio ritorniamo all'appartamento, dove scopriamo che non solo non abbiamo più l'Internet, ma addirittura è sparito anche il segnale televisivo, lasciandoci con una televisione che trasmette a puntini e un modem con quella ormai nota lucina.

Consapevole che le telefonate locali non producono un effetto positivo sul meccanismo d'intervento con la compagnia delle trasmissioni via cavo, imploro mia moglie, che è a New York, di interporsi come in passato per ottenere un celere intervento tecnico. Dopo pochi minuti la sempre gentile consorte mi richiama, dandomi la notizia che, essendo sabato, non avrò alcuna visita fino a lunedì.

Io allora richiamo la compagnia e, molto gentilmente, faccio sapere loro che la situazione creata è praticamente intollerabile e che, decisamente non accetto questo loro modo di operare. L'uomo al telefono continua a rassicurarmi che non ci sono problemi tecnici e che il mio segnale risulta chiaro e forte e, quindi, non capisce quale sia il problema a cui mi riferisco. Allora gli chiedo se per caso lui abbia conoscenze di medicina. Il pseudotecnico balbetta al telefono che non capisce ed io gli dico che vorrei sapere se lui mi può indicare quale sia la malattia che mi ha improvvisamente afflitto per cui io vedo la televisione a pallini bianchi e neri. Forse, stavolta ho toccato il tasto giusto: ride sguaiatamente. Mi rassicura che un tecnico verrà lunedì. Gli spiego che non è possibile, il tecnico deve venire al più presto. Mi garantisce, e qui la parola diventa sempre più singolare, che di domenica nessuno lavora a Miami Beach.

Non riesco neanche più a parlare, e lascio cadere la linea senza ritegno. Il telefono squilla subito, producendo una situazione quasi irreale. Rispondo incredulo: è mia moglie che mi rassicura che un impiegato dell'Atlantic Broadband l'ha richiamata e le ha confermato che un tecnico è già per strada e arriverà al mio edificio in pochi minuti.

È tardi e sono tentato di credere alla loro promessa, ma l'esperienza m'insegna altrimenti. Prendo il famoso autobus e mi dirigo al Caffè, dove ormai non ci chiedono neanche più cosa vogliamo e ci puntano un tavolo nell'angolo, dove avremo più privacy per i nostri progetti. Ritorniamo un'altra volta verso le due di notte e ci sprofondiamo nei nostri letti senza parlare.

Alle nove meno un quarto di domenica, al quarto giorno del nostro patimento, il tecnico, anzi il non-tecnico del primo giorno, quello che asseriva che noi avessimo sabotato la linea con il nostro allacciamento, si presenta alla porta, fresco come una rosa, annunciando che il suo principale vuole sapere cosa stia succedendo nel nostro appartamento. Io gli assicuro che non sta succedendo niente e che vorrei invece che succedesse qualcosa, in pratica che avessi la possibilità di ascoltare le notizie televisive e di usare l'Internet. Lui sorride sornione e poi tenta di ricominciare la tiritera del primo giorno, accusandomi di non connettere il computer in modo corretto. Io punto il dito allo spinotto e gli chiedo quanti modi ci siano per inserirlo nella presa del modem. L'uomo tace e poi, finalmente, decide di accertarsi se ci sia stato qualche disguido nella centralina.

Lo seguo fino allo stanzino e mentre apre la porta della cassetta di collegamento, scorgo che mi guarda con la coda dell'occhio. Capisco che sarebbe stato più contento che non fossi presente. Lo spinotto con il numero del nostro appartamento è a mezz'aria, unica vittima dell'idiozia di un altro tecnico, o forse anche di questo medesimo che mi sta di fronte. L'aggancio dura un secondo. Ritorniamo all'appartamento e tutto funziona. L'uomo si scusa e assicura che non capisce come possa essere successo. Io gli rammento che solo gli operai della sua compagnia hanno accesso alla cassetta di distribuzione e che in ogni compagnia esiste un diario di tutti i movimenti dei vari tecnici di servizio e, quindi, dovrebbe essere facile risalire al responsabile. L'uomo sbianca, oppure è la luce del sole che lo colpisce in pieno volto e lo fa apparire pallido. Ancora due parole di scusa e sparisce come è apparso.

Dopo quest'ultima visita, il problema Internet scomparve, per lasciarci alfine completare la nostra vacanza in pace. Il vero problema, però, non consiste nell'incapacità degli operai floridiani, bensì nel fatto che ormai senza Internet la nostra vita è monca. Non sappiamo più scrivere lettere, ma solo usare la posta elettronica; non possiamo trovare molto spesso l'informazione necessaria per prendere un autobus o per chiamare un taxi senza l'uso di questa tecnologia. I libri del telefono, una volta strumento essenziale per reperire informazioni grazie ai loro elenchi diversificati, sono diventati molto spesso inutili o introvabili, così come i telefoni pubblici, ed è più facile ritrovare un negozio e il modo per arrivarci usando l'Internet. Il cellulare, il computer e l'Internet sono diventati, quindi, una nostra appendice dei quali, volenti o nolenti, non sappiamo più farne senza... anche a costo di rovinare una vacanza a Miami Beach.

Lotta di cavalli

"WELCOME TO THE UNITED STATES"

La nave era un mondo nuovo, pieno d'avventure. Tomaso gironzolava per i corridoi come se fosse sempre vissuto a bordo. In coperta aveva scoperto altri mondi, ancor più interessanti. I vari giochi, che ad altri parevano cose noiose, erano per lui delle vere novità e lo stimolavano a tal punto che gli pareva di essere tornato bambino, quando giocava ore e ore a cowboy e indiani, oppure a nascondino, e le ore passavano come minuti e il papà lo veniva a cercare irritato, quando ormai le tenebre erano calate, e gli prometteva busse a volontà, promessa quasi mai mantenuta.

La nave, anzi il transatlantico, lo aveva ingoiato nelle sue viscere il primo giorno, per poi lasciarlo libero dopo qualche minuto, e da allora viveva un sogno ad occhi aperti, vagando da un punto all'altro di quest'immensa città galleggiante come un vagabondo in cerca di una dimora, ipnotizzato dalla musica, i giochi, il tiro a piattello e tutte le altre attività che continuamente erano offerte ai passeggeri.

Il penultimo giorno aveva scoperto il cinema, nel quale poté vedere due volte lo stesso film senza che alcun altro si fosse seduto in teatro. Gli sembrò quasi di essere il padrone del locale, ma gli fece anche un po' d'impressione, procurandogli un senso di solitudine profondo, come poteva aver provato un uomo naufragato in un'isola deserta.

I ristoranti, a bordo, nel corso della cena erano quasi completamente vuoti, siccome il mare mosso aveva decimato i passeggeri, lasciando solo pochi superstiti che riuscivano ancora a ingoiare del cibo senza grossi drammi. Stranamente, però, a colazione e a pranzo non mancavano che poche vittime degli umori marini, come se solo le ore della serata fossero legate al mal di mare. I vari ponti, inoltre, mentre durante la giornata brulicavano di volti sorridenti, ed erano riempiti dal suono delle varie voci che sembravano cercare di coprirsi a vicenda, nel tardo pomeriggio si mutavano gradualmente in veri cimiteri, silenziosi all'infuori del continuo riflusso del mare, che andava a sbattere violentemente contro i fianchi di questo mostro metallico colpevole di averlo sfidato.

Questo continuo deflusso della popolazione visibile gli permetteva ancor più libertà di movimento. Papà, inoltre, non lo cercava per nulla... Non avevano parlato mai a lungo tra loro. Quarantanove anni di differenza possono essere un ostacolo quasi insormontabile, quando si cerca di conversare; oppure era solo perché lui era sempre assorto nei suoi pensieri, nella sua arte.

Tomaso non sapeva veramente il perché, era consapevole solamente che, ora più che mai, suo padre era diventato taciturno e passava quasi tutto il tempo nel baluardo del suo silenzio. Emigrare a sessantacinque anni non deve certo essere una cosa facile, sia psicologicamente sia fisicamente...

Dover lasciare alle spalle tutti i ricordi di una vita per affrontare l'ignoto di una nazione straniera dopo aver studiato, lavorato e fatti crescere sei figli nella propria terra, pareva quasi un insulto, ma suo padre aveva una possente forza interiore che gli proveniva dalla sua devozione alla famiglia e all'arte. Orfano di padre a dodici anni, all'inizio della Grande Guerra, aveva imparato a proprie spese quanti sacrifici sarebbero stati necessari per ottenere una stabilità finanziaria sufficiente a una vita serena. Aveva appreso inoltre che quelli che gli altri chiamavano sacrifici potevano non esserlo, se si aveva uno scopo importante che giustificasse le proprie azioni. Lui, di certo, non era a corto di punti di riferimento ideologici, quindi la sua esistenza, puntellata sia di sacrifici sia di grandi soddisfazioni, era in realtà una vita "normale" nella quale non si potevano accettare possibilità di "rovesci finanziari" o di "sfortune", ma solo vivere i giorni uno dopo l'altro, nella speranza che domani si riveli un giorno migliore.

Questa volta, però, l'incendio che gli aveva distrutto lo studio a Milano, aveva lasciato danni che andavano ben oltre alla distruzione dei suoi quadri. Tutti gli affreschi da lui restaurati, pronti per essere consegnati a un ricco collezionista d'arte, erano stati bruciati irrimediabilmente. La perdita finanziaria legata all'incendio aveva, di conseguenza, creato un deficit enorme nel bilancio famigliare che non poteva più essere ignorato, anche da un ottimista come lui.

Emigrare non era stata una sua idea. Era già emigrato una volta, nel 1920, lasciando il paese natale per la metropoli lombarda, che lo aveva accolto a braccia aperte. Alle spalle aveva lasciato i ricordi di un'infanzia felice ma sofferta, passata in un villaggio noto per l'ansa morta dell'Adda, il suo artigianato e poco più d'altro. Del resto, le zanzare, ospiti informali di questa malsana zona geografica, furono le uniche abitanti del posto che sentirono la necessità di fargli un regalo, donandogli una magnifica malaria che lo accompagnò per molti anni a venire.

L'emigrazione forzata della sua gioventù aveva rafforzato in lui la necessità di piantare profondamente le radici, e per altri quarantotto anni la tentazione non si era fatta più sentire. Mamma, comprendendo che l'incendio aveva messo in ginocchio le capacità della famiglia di sopravvivere e aveva portato la loro situazione al punto di partenza della loro unione, quando tutto era da costruire, si era interessata con degli amici siciliani, conosciuti a Milano per ragioni di lavoro e con i quali si era stretta una profonda amicizia che sarebbe durata tutta la loro vita. Si erano trasferiti a New York, anzi a Brooklyn, e con il loro aiuto l'emigrazione sarebbe stata fattibile. Mamma poteva trovare un lavoro di cucito e papà poteva restaurare, oltre a vendere i propri quadri. Tomaso aveva sedici anni, quindi avrebbe continuato i suoi studi presso un liceo locale. L'altro figlio era a militare e sarebbe tornato a mesi. Li avrebbe raggiunti dopo il suo congedo e avrebbe aiutato anche lui a ricostruire il tessuto economico di questa famiglia. Così mamma era partita per l'America e ora li stava aspettando, ansiosa.

Tomaso viveva i suoi dubbi e quelli dei genitori allo stesso tempo. Capiva molto, forse troppo per la sua età, eppure era molto giovane in altri sensi e fortunatamente non aveva mai provato l'angoscia di essere realmente indigente. La sua famiglia non era mai stata ricca, ma a tavola non era mai mancato nulla. La loro appartenenza a una classe media, incuneata geograficamente tra borghesi e arricchiti, lo aveva sempre frustrato. Lui era quello fra gli amici che non aveva mai posseduto una bicicletta nuova o un registratore a nastro. Quando usciva in compagnia, molto spesso non aveva le trentacinque lire per i due film di terza visione o i soldi per il gelato e l'amico Franco, molto più agiato, lo aiutava con un prestito a fondo perso. Questa sua precaria situazione finanziaria nell'ambito della combriccola di adolescenti milanesi degli anni sessanta lo avrebbe aiutato in seguito ad essere parco e avveduto nelle proprie spese, ma nel frattempo gli aveva creato un senso d'inferiorità che in realtà non sarebbe dovuto esistere.

Si sentiva sempre in una situazione di scompenso riguardo ai propri amici e gli pareva che la sua famiglia fosse di classe inferiore. Era ancora troppo giovane per comprendere che il denaro non è la componente principale che identifica la classe d'appartenenza di una persona. Solo molto più avanti negli anni avrebbe compreso d'avere vissuto la primavera della sua vita in un ambiente privilegiato, sia economicamente sia culturalmente. Questa sua ingenuità dei rapporti sociali ed economici della comunità gli permetteva nello stesso tempo di sentirsi un qualcuno, quando andava a zonzo per la "Raffaello" con addosso la sua nuova giacca di similpelle che gli dava un po', a suo dire, l'aspetto di un personaggio da "Fronte del Porto". Ancora non si rendeva conto pienamente di quello che l'emigrazione avrebbe rappresentato per lui: l'eterno dolore di sentirsi senza radici, le umiliazioni che avrebbe subito, la sensazione di "non appartenere" che lo avrebbe accompagnato per quasi tutto il corso della sua vita, così come aveva accompagnato tanti milioni d'italiani prima

64

di lui. In questo suo nuovo mondo pieno di dubbi e d'incertezze, ma anche di tante speranze e di sogni, c'era solo una certezza: l'amore dei suoi genitori.

Il giorno dell'arrivo a New York, tutti i fantasmi della nave ripresero corpo. I ponti si riempirono di gente pallida, sciupata, ma con un sottile sorriso in volto, riflesso della felicità di chi aveva visto la fine di un tormento. Il ponte di Verrazzano comparve come in un sogno con la sua elegante architettura. Tomaso, affiancato dal padre, si ritrovò commosso dall'esperienza. Gli parve come un segno del destino che, dopo un pressoché orrendo viaggio, questa magica apparizione dovesse sopravvenire, quasi a cancellare con un colpo di spugna tutte le angosce, ansie e paure legate non tanto al viaggio in transatlantico quanto al concetto dell'emigrazione.

Emigrare era, per il giovane, un vocabolo da libri di storia. Certamente l'emigrazione l'aveva vissuta nei racconti letti avidamente in collegio, ma non era mai stata compresa in tutte le sue sfaccettature. Di emigranti ne aveva conosciuti tanti, a Milano, anzi forse tra i suoi amici d'infanzia era l'unico di famiglia lombarda. Emigrare nella propria nazione, però, anche se può comportare tante peripezie o difficoltà, non richiede mai di superare il dramma della lingua e il concetto di essere un vero straniero. Perlomeno in questo dopoguerra...

Tomaso si ricordava difatti di aver letto d'emigranti meridionali che erano arrivati al tanto agognato Nord, con le sue poderose industrie, e che avevano subito varie angherie, oltre a dover superare le difficoltà di comunicazione legate alla cattiva o inesistente conoscenza della lingua italiana. Tutte queste storie, però, erano sempre ambientate nel secolo scorso o perlomeno nel periodo prebellico, e lui stesso finora non aveva mai contemplato la possibilità che i suoi amici milanesi fossero stati in realtà tutti degli emigranti, anzi immigrati, di prima o seconda generazione, proprio perché la lingua non era mai stata un ostacolo. Come del resto la religione... A chi gliene frega, quando si è adolescenti, se il tuo amico è cattolico, ebreo o ateo? Per Tomaso, i bimbi a Milano erano sempre stati tutti milanesi e cattolici, anche perché se non lo fossero stati, a chi importava in fondo?

Ora, però, emigrante anche lui, ripensava ai giorni della sua infanzia e alle tante conversazioni udite che allora parevano cose da nulla, ma che ora assumevano un'importanza vitale legata alla sua nuova posizione sociale. Immagini d'amici con la papalina in testa il sabato si materializzavano nella sua mente e si mescolavano ad altre estratte da film, mai veramente vissute ma che gli parevano quasi che lo fossero state. La realtà e l'immaginazione, con la stanchezza mentale che si stava impadronendo inesorabilmente del ragazzo, diventavano una nuova realtà che, in un certo senso, sembrava più tangibile proprio per la sensazione di sgomento che poteva incutere. Le persecuzioni vissute dai genitori, nonni, zii dei suoi compagni d'infanzia gli parevano fossero state vissute anche da loro. Sapeva che ciò non era vero, ma non riusciva a cancellare quelle immagini e gli pesavano, così come quelle viste in un documentario televisivo dei classici emigranti con la valigia di cartone tenuta insieme da una fune...

A dispetto di questo vortice di sentimenti confusi e forse anche un poco insensati, la vista del ponte di Verrazzano aveva temporaneamente disperso tutti i timori e lo aveva rassicurato. Una nazione che costruisce un ponte così bello all'entrata di una baia, non poteva essere che una nazione accogliente! Nuove immagini presero corpo nella sua fertile mente, personaggi del cinematografo che avevano fatto colpo sulla sua fantasia e che rappresentavano per lui l'essenza della società Americana: John Wayne, Gary Cooper, James Stewart, Yul Brinner, il Far West e la prateria sconfinata... Che c'entrassero poi con quell'America che gli stava comparendo davanti non sapeva e non lo voleva sapere. Ognuno, del resto, si crea al dovuto momento la propria ancora, la propria scialuppa di salvataggio, e Tomaso si era rifugiato temporaneamente in fantasie infantili che gli permisero di ridimensionare quella strana sensazione di vuoto che si sentiva crescere nel cuore e che lo rendeva incapace di abbracciare questa nuova esperienza senza continuamente rimuginare sul fatto che lui l'Italia l'amava più di tutto e anche se l'America fosse stata proprio come nei film, partire era stato veramente, come dice il proverbio, un po' morire...

La Statua della Libertà completò l'opera di persuasione necessaria a convincerlo che questa era veramente una nazione speciale e che, forse, tutto sarebbe andato ottimamente e da lì a poco tempo avrebbe riso di tutte queste sue paure. Il silenzio del babbo, però, così profondo, non lo rassicurava molto...

Entrando in porto, trainata lentamente da un poderoso rimorchiatore, la Raffaello non mostrava alcuno dei movimenti, sussulti e rolli che avevano decimato la popolazione dei ponti nel corso della traversata. Era come se si scivolasse su una superficie di velluto, e anche se la giornata non si dimostrava d'essere delle più limpide, era ovvio che, a tutti i passeggeri, quest'ultimo tratto di navigazione era riconosciuto nella sua calma come un segno del loro destino immantinente. Il tiepido sole che riusciva, nonostante fosse quasi inverno, a scaldare le sofferte ossa di chi voleva credere che fosse realmente possibile, completava un quadro che a molti poteva anche apparire idillico.

Un uomo anziano, che non aveva mai proferito parola durante tutto il corso del viaggio, tranne un formale "good morning' o 'good night', nonostante avesse la cabina di fianco a quella di Tomaso e del padre, gonfiò il petto d'orgoglio, quasi fosse al cospetto della Madonna, e proclamò, con lunghe, estenuanti pause: "Guagliò, di ponti così, in America, ce ne stanno tanti... Più innanzi, nel corso del fiume, ce ne sta un altro assai più grande e più bello... Lo chiamano Wascintonne brigge, come il primo presidente ammericano. Manco a parlarne...Ah, l'America, grande terra...".

Calando la voce, a dimostrazione di un rispetto quasi religioso di questa nazione, questo avventato ma spontaneo insegnante di geografia sembrò terminare la sua lezione estemporanea e ritornò a ignorare sia Tomaso sia il suo babbo, come aveva fatto in precedenza. A Tomaso sembrava quasi di aver assistito a uno spot pubblicitario, a un episodio da Carosello televisivo, e questo, stranamente, lo rallegrò oltre modo, facendogli dimenticare le tortuosità mentali che lo avevano afflitto nell'ultima ora.

L'arrivo al molo fu subito annegato da una serie d'annunci che richiedevano l'attenzione dei passeggeri, ma Tomaso fissava esterrefatto la struttura che gli era apparsa davanti. Un capannone enorme, simile a quelle arcate della sua tanto amata Stazione Centrale, affiancava e completava quasi completamente la zona d'attracco. L'aspetto di questa costruzione non aveva nulla di piacevole, anzi. La ruggine aveva fatto un ottimo lavoro nel penetrare ogni minimo elemento strutturale. Qua e là c'erano stati degli stanchi tentativi di combatterla con del minio o della pittura, ma l'effetto ottenuto era di quasi completo abbandono e pose le basi di un giudizio negativo che forse era ancora prematuro, ma che fu rinforzato dagli eventi che seguirono.

Tomaso e il padre sbarcarono e si misero a cercare i propri bagagli. Avevano portato appresso bauli e casse imballate per un totale di tredici colli, ma il lavoro di ricerca risultò facile perché erano tutti di misura eccedente la norma. Completata l'opera, attesero pazientemente che un funzionario arrivasse a vidimare il loro visto e verificare i documenti riguardanti il loro bagaglio, formato in gran parte da dipinti e materiale artistico.

Il doganiere li squadrò, poi rivolse lo sguardo ai bagagli, scosse la testa e sorrise. Non c'era nulla di benevolo in quel sorriso e a Tomaso venne la morte in petto, quando si rese conto di ciò che li avrebbe aspettati. Questa fu la sua prima lezione come emigrante, vale a dire che tutto il mondo è paese.

Il funzionario parlò loro sommessamente, ma con un tono perentorio che non lasciava adito a dubbi sulla sua intenzione. Il poco inglese che Tomaso aveva appreso in collegio, gli ritornò alla mente come per magia ed egli si trovò a tradurre sommariamente al padre il discorso del mellifluo americano. Papà Giuseppe non sembrò sorpreso più di tanto e gli chiese quanto doveva pagare affinché il doganiere non aprisse sistematicamente tutto il bagaglio, che aveva richiesto più di una settimana di paziente lavoro da parte loro.

A Tomaso parve di avere letteralmente ingoiato un rospo, e le parole gli uscirono stentatamente. Il risultato dell'operazione finanziaria fu una inaspettata disfatta economica, per loro che avevano abbandonato il litorale italiano per arrivare all'America dei sogni. Un biglietto da cento dollari passò di mano due volte e in tale semplice processo di corruzione, Tomaso abbandonò per la prima volta il proprio mondo, infuso di profondi e inalienabili valori morali, dando l'addio all'innocenza che lo aveva accompagnato fino allora.

"God bless you", cioè Dio vi benedica, esclamò impudicamente l'indegno rappresentante governativo, quasi a minimizzare il danno prodotto sia alle tasche sia al morale dei due, e forse riportare il tutto a un tono più normale di prassi burocratica. "Welcome to the United States", aggiunse senza ritegno l'uomo, che sfoggiò un sorriso da reclame per pasta dentifricia. Già, benvenuti negli Stati Uniti...

LA BANDIERA

El Peppin, come lo chiamavano amichevolmente conoscenti e familiari, era un "buono", uno di quelli che non avrebbe fatto male neanche a una mosca di sua iniziativa, ma aveva un'incredibile prestanza fisica della quale la gente del paese nutriva un notevole rispetto. Questo gli aveva evitato guai anche con i più riconosciuti bulli e rompiscatole di quella placida e malsana zona del lodigiano.

L'arrivo della malaria, a lui che aveva visto morire di Spagnola il proprio fratellino, non lo sorprese più di tanto, anche se le ricorrenti febbri si rivelarono una scocciatura della quale avrebbe volentieri potuto e voluto farne senza. Dopo il suo recupero, peraltro disturbato qua e là da brevi ricadute caratterizzate da fremiti incontrollabili, la malattia decise di fare visita anche a due delle sue sorelline. Allora, dopo una riunione durata parecchie ore, lui, i fratelli e la madre presero la decisione che era giunto il momento per la famiglia di emigrare a Milano, dove lo spauracchio della malaria sarebbe stato solo un lontano ricordo, e le opportunità di migliorare la

...quella placida e malsana zona del lodigiano...

loro situazione economica sarebbero state molte di più.

Milano era il sogno di tanti provinciali, ma non essere tesserato del fascio sarebbe stato certamente un serio impedimento, sia alla partecipazione in qualsiasi attività commerciale sia all'ottenimento di una qualsivoglia posizione operaia o impiegatizia. I quattro fratelli, però, avevano uno spirito d'iniziativa da invidiare e trovarono ben presto un modo per guadagnarsi da vivere in quella grande città.

I due più giovani, Luigi e Battista, diventarono sull'istante provetti imbianchini e tappezzieri, ottenendo una serie di proficui contratti nonostante loro fossero apertamente antifascisti. Camillo, il maggiore, s'iscrisse all'Accademia di Brera e conseguì il diploma 'con lode', dedicandosi sia all'attività d'insegnamento dell'Arte sia a quella di pittore e restauratore. In particolare, Camillo instaurò un buon rapporto con il clero della provincia, aggiudicandosi appalti per il restauro d'alcune chiese e per la creazione d'affreschi originali in altre. El Peppin era diventato rifinitore di mobili, ma il fratello maggiore, dopo molte insistenze, era riuscito a convincerlo ad aiutarlo nella sua attività e a iscriversi anche lui all'Accademia.

La sera, quindi, dopo un'intensa giornata di lavoro passata a dipingere scene bibliche sui muri di una cappella, Peppin andava a scuola in bicicletta, saltando la cena per evitare di fare tardi. Quei venti o più chilometri di bicicletta diventavano ancor più pesanti, sia per lo stomaco vuoto sia per la tendenza alla nebbia che caratterizzavano le serate del milanese.

La sua vita, ciononostante, era diventata piena di soddisfazioni e Giuseppe, questo il nome datogli alla nascita, si era persino dedicato allo sport nei fine settimana, diventando in breve un provetto peso welter, temuto nel campo dei dilettanti sia per la sua velocità e agilità sia per il suo diretto, che molti avevano paragonato a un macigno.

La sua attività pugilistica ebbe breve vita, però, grazie a un incontro casuale in palestra con il campione lombardo dei pesi medi. Questo pugile, che avrebbe aspirato poco dopo al titolo di campione d'Italia, sogno non realizzato grazie ad una sua sfortunata scelta politica che lo fece diventare mal visto dal regime, frequentava la stessa palestra del Peppin, Un giorno, non avendo a disposizione il proprio sparring partner, chiese proprio a Giuseppe di aiutarlo con un breve match d'allenamento. Il giovane pittore non si rese conto del salto di qualità necessario a tener testa a un professionista e accettò: fu un disastro. Il campione non gli diede fiato e, nonostante egli resistette per tutto l'incontro, alla fine la sua faccia pareva un pallone, a dispetto della protezione di cuoio fornitagli.

Al vederlo così conciato, quel sabato sera, la mamma gli intimò di non fare più la boxe, e non ci furono santi che le avrebbero fatto cambiare idea. A completamento dell'opera di convincimento, la madre vendette i suoi guantoni, pantaloncini, corda, maglietta, e persino le scarpe. Il costo di riacquisto di tale materiale ginnico sarebbe stato proibitivo per il giovane, quindi la sua passione agonistica fu indirizzata verso la bicicletta, sulla quale del resto passava almeno due ore al giorno per le ragioni già dette.

Arrivò la festa dell'unificazione d'Italia e il Peppin decise di mettere alla finestra la bandiera nazionale, coronata dal nobile stemma sabaudo, come allora si usava. Egli era orgoglioso della sua nazione, della storia che tutto il mondo le invidiava ed era convinto, con quell'innocenza intrinseca alla sua personalità e quell'assenza di malizia che lo distingueva da molti suoi contemporanei, che tutti gli italiani sentissero per la propria nazione quel profondo sentimento d'attaccamento, nonostante le diverse ideologie politiche. Sbagliava, e di grosso.

Era già tarda mattinata e il pallido sole aveva trovato la sua strada attraverso le chiome dei platani del largo viale periferico, penetrando i vetri della finestra, quando all'improvviso uno schianto animò la quiete della festa. Peppin corse in sala e vide che un sasso aveva infranto il vetro della finestra che dava sulla strada, quasi fosse stato invidioso dei raggi che lo avevano preceduto. Giuseppe fissava inebetito quel sasso e i vetri frantumati, sparsi nel quadrato luminoso di pavimento antistante alla finestra. Cercava di capire la ragione per cui quella pietra aveva deciso di visitare proprio casa sua. Quando, alfine, si fu ripreso dalla sorpresa, si rese conto che dalla strada proveniva un vocio minaccioso. Si affacciò alla finestra, avendo cura di non pestare i resti di quell'incongruo attacco e gli parve di avere una visione: in strada erano assemblati un gruppo di camicie rosse, quei garibaldini che tanto avevano fatto per la sua patria. La realtà, però, lo colpì ben presto. Non erano garibaldini, veri o presunti, quei facinorosi che schiamazzavano nella strada, bensì degli ubriachi in camicia rossa che cantavano "Avanti Popolo" e minacciavano il padrone della bandiera, simbolo del potere borghese e dell'egemonia nobiliare, di ripercussioni tremende. Quei comunisti della festa l'avevano proprio con lui!

La mamma, che era rimasta paralizzata l'anno precedente a causa di una caduta sulle scale di quella che dovrebbe essere stata la loro casa ideale, era alfine giunta in sala sulla sua sedia a rotelle, ma non poteva avvicinarsi a lui a causa del vetro infranto. L'udito, però, le funzionava ancora molto bene e si era resa conto della gravità della situazione. Lo pregò di astenersi da rispondere a quei provocatori, ma le sue parole furono gettate al vento. El Peppin, come dicevo, era un buono, uno di quelli che non fanno male neanche a una mosca. Non sopportava però che si mancasse di rispetto alle madri, quella sua o quella patria.

...Era già tarda mattinata ed il pallido sole aveva trovato la sua strada attraverso le chiome dei platani del largo viale periferico...

In un balzo si era trovato per strada ed aveva affrontato il più grande di questi "nemici della patria", mollandogli due sganassoni e facendolo volare a gambe all'aria. Vedendo il loro compagno più fisicamente fornito afflosciarsi al suolo, alcuni di quei validi difensori della bottiglia e dell'eguaglianza sociale si diedero a correre in tutte le direzioni, causando un parapiglia generale. Un uomo, che assomigliava in modo prodigioso a quel famoso campione che gli aveva stroncato prematuramente la carriera di pugile, gli si avvicinò minacciosamente e gli rifilò due pugni secchi in volto, rintronandolo.

La strada assunse temporaneamente le caratteristiche di un quadro astratto e si sentì quasi di svenire. Si riprese quasi immediatamente, rifilando a sua volta cazzotti a destra e a manca a tutti quegli avversari in camicia rossa e non che si azzardarono ad attaccarlo.

Quando arrivarono gli squadristi, chiamati forse da qualche buon intenzionato, a terra c'erano solo rimasti tre di quegli eroi etilici, mentre gli altri si erano proditoriamente e intelligentemente ritirati, scomparendo dalla strada. Uno di quei tre era appunto il campione, che riuscì miracolosamente a tirarsi in piedi e infilare silenziosamente il portone della casa del Peppin, ponendo l'indice di fronte al naso, quale muta richiesta d'omertà, e chiudendo rapidamente i battenti.

Giuseppe, affannato e madido di sudore, fu interrogato dai nuovi arrivati, che nel frattempo avevano afferrato i due uomini rimasti al suolo. Egli dichiarò di essere stato assalito proprio sotto casa propria da un gruppo d'energumeni che tornavano ubriachi da qualche festa locale e che quei due signori al suolo avevano cercato di difenderlo, ma avevano pagato caramente le spese di questo loro gesto.

Il milite che pareva comandare la squadra di camicie nere non sembrò molto convinto della veridicità della storia, ma notando le pessime condizioni dei due malcapitati, e considerando che erano chiaramente inebriati, era pronto a mettere una pietra sopra all'accaduto.

"Va beh, sia pure come dice lei, ma perché l'avrebbero assalito?".

"Ce l'avevano su con la bandiera", rispose Giuseppe orgogliosamente.

"La bandiera?", ripeté meccanicamente l'incredulo squadrista, esaminando stupefatto il glorioso drappo, proprietà della famiglia da più di quarant'anni".

"Come? Lei si è preso a pugni per quel pezzo di merda di bandiera? Ma scherza? Scommetto che, oltre ad essere uno spudorato monarchico è anche un cattolico. Ma non si rende conto che lei vive nel passato e che certe cose non sono più accettabili? Il re ormai è solo il simbolo dell'Italia che deve scomparire, con tutti i suoi preti e i suoi socialisti, effimeri traditori della patria e del nostro Duce. Il futuro dell'Italia siamo noi, noi...".

Qui il suo volto assunse un'espressione che avrebbe dovuto essere di fierezza, ma che apparve a Giuseppe solo essere una pessima imitazione di Mussolini.

"Un'Italia giusta, dove chi lavora è premiato per i suoi sforzi e tante superstizioni saranno solo un lontano ricordo", riprese il passionale oratore,

La mamma, che era rimasta paralizzata l'anno
precedente a causa di una caduta sulle scale...

"Tiri giù immediatamente quella dannata bandiera e la bruci... E poi, cos'è questa storia che lei non fa il saluto romano, quando nominiamo il nostro grande Duce? Carletto, la bottiglia... "

Non riuscì a finire la frase. El Peppin gli aveva rifilato un uppercut micidiale, mandandolo a sbatter contro il muro. Gli altri militi lo circondarono e la rissa ricominciò. Alla fine, gli squadristi riuscirono, con molta difficoltà, a immobilizzarlo.

"Dove lo portiamo?" Chiese uno con la camicia a brandelli e un occhio che stava assumendo il medesimo colore della sua uniforme. Il caposquadra, ripresosi dall'attacco subito, umiliato ma non convinto della sanità di mente dell'uomo che l'aveva colpito, disse:
" So io dove portarlo... Lì gli insegneranno le buone maniere".

"Ma te sè sicür?" chiese un altro, al quale forse pareva che la punizione dovesse venire da loro e non da quei sadici della banda K* Proprio in quel momento un'automobile si era fermata al lato della strada e da questa era sceso un uomo che portava con sé un'aria di rispettabilità e d'importanza che era impossibile ignorare.

"Che cosa è successo?" Esclamò l'uomo, immediatamente riconosciuto dai militi, che intanto si erano posti sull'attenti, in rispettosa posizione di saluto.

"Buongiorno, Dottor M*. Ci scusi per il nostro aspetto, ma... ad ogni modo adesso è tutto sotto controllo. Stavamo portando quest'uomo in questura per consegnarlo alla polizia... sa, è un attaccabrighe... ".

"Da quando in qua ci vogliono ben nove prodi rappresentanti del fascio per fermare un attaccabrighe, che poi mi sembra anche abbastanza esile... E poi che c'entrate voi con queste cose? Non ci sono i carabinieri? E la polizia?"

"Ma, veramente noi... sa, facevamo solo quello che ... insomma, il signore che abbiamo giustamente fermato è un provocatore!"

"Quale sarebbe la provocazione?" chiese il distinto sopravvenuto.
"Il signore ha insultato il nostro Duce e si è preso gioco delle nostre uniformi... e si è anche rifiutato di fare il saluto...".
"Capisco..., e lei non ha niente da dire?", proferì l'uomo, rivolto al Peppin.
"Solo che questi... insomma, questi squadristi ce l'hanno su con me per via della bandiera".
"Mi scusi? Ha detto la bandiera? Cosa c'entra la bandiera? C'è qualcosa che non va con questa bandiera?" tuonò il noto magistrato che Peppin

ricordò inaspettatamente di aver visto una volta sulla prima pagina di un giornale milanese, in un articolo riguardante la guerra alla mafia.

"Lo chieda a loro", rispose Peppin, rincuorato dalla piega che stava prendendo la situazione. "Allora? Cos'altro ha da aggiungere a proposito della bandiera, nel suo accuratissimo rapporto?" proferì indignato il famoso giudice.

"Veramente... è che... vede... insomma, la bandiera è monarchica e noi credevamo... e poi il signore mi ha attaccato all'improvviso e così..." esalò, come se fosse il suo ultimo respiro, lo sventurato sostenitore del regime, abbassando gli occhi e arrossendo visibilmente nel mezzo della frase, come uno scolaro impreparato che è improvvisamente interrogato dal maestro.

"Si vergogni! Lei voleva dunque punire quest'uomo perché era orgoglioso di questo suo vessillo? Ma lo sai, lei, quanti italiani, veri italiani, dico, non buffoni come lei, sono morti affinché questa bandiera sventoli su questa nostra amata terra? Si presenti nel mio ufficio al tribunale domani alle tredici. Lì vedremo come sono andati i fatti e se si ricorderà un po' di più della storia d'Italia. Nel frattempo, rilasci questo pover'uomo, la cui unica colpa è di amare la propria patria, e gli chieda scusa. Anzi, guardi" disse rivolto a Giuseppe, "le chiedo scusa io stesso per l'ignoranza di questi uomini".

Peppin, liberato dall'abbraccio non proprio fraterno delle camicie nere, si avvide dello sguardo terrorizzato che si era impadronito del volto del caposquadra e intercedette senza indugio per l'aguzzino, dichiarando:

"Ma guardi che siamo a posto così, io e il signor milite. In fondo non è successo niente. Solo un poco d'incomprensione, d'eccitamento, cose normali tra uomini... Vero, sciur milite, che l'è inscì? Vero?".

Il frastornato fascista balbettò che sì, era proprio così e l'insigne magistrato, contento per l'opportuna buona azione commessa, completò con:
"Va bene così, allora, ma che non succeda più". Con queste parole girò i tacchi, rimontò in macchina, dimentico già di Peppin e degli squadristi, assorbito com'era nelle sue considerazioni legate al caso che doveva affrontare in tribunale tra qualche giorno.

Peppin e lo squadrista si adocchiarono, incerti sul da farsi. Passò qualche secondo, che parve un'eternità. Alfine, con un filo di voce, nel cui tono non c'era più tracotanza, il mortificato ufficiale affermò, come se parlasse a se stesso:

"Si è fatto tardi. In caserma ci staranno aspettando". Poi continuò con tono quasi amichevole in direzione di Giuseppe: "Stia attento a non fare brutti incontri, mi raccomando".

Con queste parole si dileguò, tallonato tacitamente dai suoi accoliti. La bandiera, intanto, sventolava...

...Milano era il sogno di tanti provinciali...

CARO FANTOZZI...

Caro Fantozzi, per prima cosa scusami se ti do del tu, ma ti sento infinitamente vicino e finalmente ti capisco. Le disavventure che il tuo creatore ti fa vivere sono molto spesso possibili anche per chi, come me, non è sempre accompagnato dalla nuvoletta nera personale. Credevo che certe cose accadessero solo nei film comici o nei cartoni animati, che fossero solo delle esagerazioni di fatti realmente avvenuti... Mi devo ricredere.

Tutto cominciò con una telefonata da Milano: mio fratello era in ospedale ed era grave. Dopo un intreccio di telefonate con l'Italia e la Florida, dove risiede una delle mie sorelle, decisi che, nell'eventualità le condizioni dovessero precipitare, sarebbe stato opportuno partire al più presto. Un paio d'altre telefonate, ed eccoci prenotati su un volo per Ginevra. Da lì avremmo preso la macchina a nolo e saremmo andati a Milano, punto strategico del nostro pellegrinaggio familiare. Questa scelta fu fatta sia per ragioni economiche sia per motivi pratici. Al ritorno, difatti, viaggiando via Ginevra, avremmo avuto l'opportunità di rivedere alcuni dei parenti di mia moglie lì residenti. Avevamo fatto un viaggio in tale maniera in precedenza e si era rivelata un'ottima scelta.

I numi, però, stabiliscono lo sviluppo degli eventi ed evidentemente quel giorno non erano d'accordo con la nostra decisione. Noi, naturalmente, questo non lo sapevamo e ci avviammo ignari, come agnelli da sacrificio, verso le molte incognite di questa "Iliade" nostrana.

Arrivati all'aeroporto quella sera, tutte le procedure d'imbarco filarono magnificamente e ci trovammo in breve seduti pacificamente all'interno dell'aereo di bandiera svizzera, in attesa del decollo. L'aereo rollò verso la pista di partenza, poi si fermò misteriosamente. Passò un'ora infernale, durante la quale la temperatura all'interno della carlinga si elevò talmente che i passeggeri si dedicarono a vari stadi sempre più spinti di spogliarello. Un annuncio finalmente ruppe la tensione, portando altresì un po' d'apprensione in tutti noi: "L'aeroplano ha problemi tecnici che il pilota non può risolvere ed un operaio specializzato dovrà salire a bordo per rimpiazzare un particolare tipo di strumentazione"...

Dal finestrino mi parve di vedere avvicinarsi un camioncino, che sparì dal mio campo visivo per nascondersi sotto la carlinga. Dopo qualche minuto, due uomini in tuta blu entrarono, portando con se due valigette misteriose. Forse contenevano degli attrezzi, forse delle parti di ricambio.

Fino allora, potevo vedere chiaramente lungo tutto il corridoio fino alla porta aperta della sezione comandi. Al loro arrivo, la porta si chiuse. Passarono altri minuti lunghissimi che sembrarono ore, anzi lo erano. Appassiti come dei fiori interposti tra le pagine di un libro, i passeggeri non trovarono neanche la forza di chiedere quanto sarebbe durata questa novella tortura.

Tempus fugit, ma non all'interno di una scatola di sardine. Le hostess, anzi le assistenti di bordo, gentilmente offrirono delle bibite ed io sfacciatamente chiesi dello champagne. Me lo servirono con un sorriso, e così capii che eravamo nella merda. Naturalmente, non feci neanche in tempo a sorseggiare il celestiale nettare che i francesi magnanimamente condividono con il mondo. Il pilota annunciò, subito dopo l'offerta del beveraggio, l'inizio di un nuovo, esilarante episodio della nostra saga: l'aereo non sarebbe partito. I viaggiatori che avevano una residenza a New York sarebbero sbarcati prima, seguiti da coloro che necessitavano un posto in albergo.

Dopo un primo, disordinato tentativo di uscire da quella camera di tortura, gli impiegati della sfortunata aviolinea svizzera riuscirono a disporci in un'approssimazione di fila indiana che ci permise di raggiungere inaspettatamente la zona bagagli. Di lì a poco, incomprensibilmente, arrivarono anche i passeggeri che dovevano pernottare in albergo, quindi l'idea di semplificare l'iter burocratico andò a farsi fottere sistematicamente. Arrivammo allo sportello della linea aerea, dopo aver pazientemente atteso le nostre valigie, e formammo ordinatamente una coda che richiamava vagamente alla mente l'assembramento dei pellegrini attorno al catafalco di Maometto nel centro della Mecca. Ciononostante, le cose andarono relativamente lisce e riuscii a parlare con un incaricato dopo solo un'ora e quindici minuti. Doveva essere un record. Mi sarei informato al proposito...

L'incaricato pseudosvizzero aveva un marcato accento dell'Alabama e trascinava le parole in un finale musicale, quindi comprendevo solo la prima metà d'ogni frase da lui pronunciata. Quello che compresi, però, fu che eravamo fregati. L'aereo del giorno dopo era pieno, ed anche il volo che partiva da Newark, nel limitrofo stato del New Jersey, era stato completato dai fortunati passeggeri che erano riusciti, innegabilmente senza malizia, ad infilarsi davanti a me in un mio malaugurato momento di distrazione. Erano le due di notte ed avrei accettato di prendere un volo via Timbuktu, ma il gentile funzionario mi convinse che il volo della Continental che partiva da Newark quel pomeriggio avrebbe proprio fatto per me. Chiesi che cosa dovevo fare.

"Niente", mi rispose il consumato venditore di fumo. "Ecco il tagliando. Si presenti domani

92

all'aeroporto e buon viaggio". Già, buon viaggio...

Mio figlio ci attendeva fuori dal terminale, al di là della vetrata, e ci si poteva nettamente vedere, ma non sentire. C'informò telefonicamente che volevano fargli la multa perché non circolava e pretendeva di fermarsi più del tempo necessario a caricare e scaricare viaggiatori e bagagli. Inviai immediatamente mia moglie, conosciuta per la sua ottima diplomazia, onde risolvere questo fresco intralcio riaprendo i canali di comunicazione.

Quando arrivai all'uscita, con le mie valigie ed il mio amato tagliando, compresi dalla sua espressione bellicosa che lo sceriffo ad ore aveva tentato un duello verbale con la mia consorte ed aveva clamorosamente perso. Si vendicò, sgridandomi per il mio mancato rispetto delle regole e minacciando che mi avrebbe dato una salatissima multa, anzi avrebbe fatto rimorchiare la macchina, se non la spostavo immediatamente, dato che poteva anche essere considerata un pericolo o una minaccia al pubblico, con tutto quello che era successo l'undici settembre. Notai che la guardia non ebbe mai il coraggio di guardare nella direzione di mia moglie, anzi pareva che il suo fosse più che altro un monologo amletico, uno sfogo necessario alla sua sopravvivenza psicoemotiva che aveva bisogno di una direzione nella quale incanalarsi, e quella ero io. Tacqui ed infilai le valigie nel portabagagli, salutandolo con un cenno della mano ed uno spento sorriso, mentre mi allontanai, guidando velocemente verso il Westchester.

A proposito, Fantozzi, come mai i nostri giovani vogliono sempre guidare la macchina, tranne quando tu sei stravolto? Ai posteri l'ardua sentenza…

Arrivai a casa verso le tre e, grazie ad un provato principio d'equilibrio cosmico che in America è chiamato "Murphy's law" e a Milano "legge del Menga", ritrovai in me una riserva di energia insperata che mi precluse il lusso del sonno profondo. Mi addormentai verso le otto. Mia moglie mi svegliò alle undici. Feci una doccia, mi rivestii e caricai la macchina. Guidai fino all'aeroporto e scaricai la macchina davanti al terminale della Continental, convinto che ormai le cose si fossero risolte. Istruii i miei figli sul tragitto che avrebbero dovuto percorrere per andare a far visita a mio cognato, che viveva nelle vicinanze, e li inviai per la loro strada, preoccupato di evitare uno scontro verbale con la milizia locale, che mi pareva più fresca ed agguerrita di quella che mia moglie aveva sconfitto qualche ora prima a New York.

Non c'era quasi fila e mi trovai in breve di fronte ad una cortesissima signorina che sorrideva automaticamente al termine d'ogni frase. Mi rassicurò che le prenotazioni erano già state fatte dalla compagnia svizzera, che il nostro viaggio sarebbe stato ottimo, che il tempo era ottimo, l'aereo era in orario, che c'erano degli ottimi posti a sedere e che se le avessi consegnato i biglietti la procedura era pressoché terminata. La rassicurai, estraendo con gran fanfara il magico tagliando e offrendole a mia volta uno smagliante sorriso.

Forse sarebbe stato meglio che non avessi sorriso. Forse non faceva parte del galateo del personale dell'aeroporto di Newark di accettare un sorriso da un newyorchese di mezz'età che offriva un tagliando di una compagnia svizzera... tant'è che prese il tagliando con volto sprezzante, quasi le avessi consegnato un pacco di spazzatura, e dichiarò che proprio non andava bene, che il tagliando non era valido e che necessitavo un altro tipo di *coupon*, con il numero di conferma della sua compagnia di volo. Le chiesi che cosa dovevo fare. Mi disse di non preoccuparmi, e questo mi fece arricciare le parti intime, segno che l'istinto primitivo m'avvisava di un altro pericolo all'orizzonte. M'informò che avevo solo bisogno di contattare un impiegato della compagnia svizzera, che mi avrebbe dato il tagliando con il numero corretto. Mi rassicurò che l'ufficio della Swiss International era nel terminale confinante ed il tutto avrebbe richiesto solo una decina di minuti, su per giù.

Devo confidarti che la signorina mi aveva informato bene ed arrivai al prossimo terminale in meno di cinque minuti. Mi affrettai verso la zona nella quale i cartelli parevano indicare la posizione dello sportello della Swiss e mi ritrovai in breve, un'altra volta, all'entrata del terminale. Abituato ad essere dirottato dagli obbrobriosi segnali stradali del New Jersey, stato nel quale io immancabilmente perdo la strada, la direzione o addirittura la testa, ricominciai a seguire i cartelli, che mi riportarono un'altra volta, inevitabilmente, all'entrata.

Fantozzi, credimi, io non m'arrendo facilmente. Riprovai una terza volta e poi mi sorse il dubbio che avessero appositamente creato quel tipo di segnaletica per rendere il traffico pedonale fluido, un po' come quella di Milano che ti invia in periferia e ti fa fare diciotto chilometri di tangenziale per poi riportarti ad una destinazione che è in realtà solo quattro chilometri di distanza dal punto di partenza... Probabilmente sono io, però, che interpreto male i segnali...

Forse un tantino preoccupato di vedere un tizio con la non più fluente chioma scapigliata e gli occhi rigonfi di sonno e di tensione girare disordinatamente per il suo terminale, un agente mi bloccò e mi chiese se mi fossi perso. Risposi che si, in un certo senso avrei potuto asserire di essermi perso, anche se, in realtà, sapevo dov'ero, da dove venivo e dove volevo andare. La guardia mi squadrò impensierito e pose la mano lentamente ed inconsciamente sul cinturone, accanto alla rivoltella. Io dissi a me stesso che forse le mie idee erano un tantino troppo filosofiche per essere apprezzate dal diligente protettore della legge locale, e quindi aggiunsi con sollecitudine, quasi in un monosillabo, la mia intenzione di trovare gli uffici della Swiss International. Mi fissò ancor più inebetito, poi esclamò, rilassando finalmente i muscoli facciali in un sorriso:

"Guardi che ce li ha proprio davanti agli occhi!"

Mi guardai intorno e non ravvisai altro che Delta, Air France e…, un momento, possibile che quell'insignificante gabbiotto tipo ministand per l'informazione sulle malformazioni genetiche della tribù dei Bororos potesse…NO! Eppure… un'esigua striscia colorata, tipo decalcomania ottenuta da macchinette distributrici di gomma da masticare, dichiarava apertamente ed orgogliosamente al mondo che proprio quello era il sito che io cercavo, la terra di Canaan dopo i quarant'anni di deserto, l'oasi nel simbolico deserto del trasporto internazionale.

Sfortunatamente, però, a quell'oasi non mi si offriva alcun ristoro. Un cartello quattro volte più grande del logo della compagnia aerea gridava al mondo che mi avevano fregato un'altra volta: l'ufficio, avrebbe servito i viaggiatori dopo le diciotto. Qui avrei potuto liberamente obiettare sulla libera e problematica caratterizzazione di "ufficio", non fossi stato folgorato dall'informazione che avevo appena appreso. Il

97

mio aereo partiva alle diciassette, mentre lo pseudo-ufficio apriva alle diciotto! Impossibile vidimare il tagliando, quindi rimaneva solo il telefono, disgraziatamente.

Fantozzi carissimo, vorrei risparmiarti i dettagli delle mie innumerevoli telefonate e sarò più conciso che posso. In una di queste conversazioni (ne avvenirono molte, dato che la linea inspiegabilmente cadeva ogni volta che dicevo "Lei forse non capisce il problema...") una premurosa signorina del New Mexico mi suggerì di prendere la macchina e di andare immediatamente all'aeroporto di New York, dato che c'erano due posti che si erano liberati sul volo per Ginevra, ma di ottenere un numero di conferma per il volo della Continental neanche a parlarne, poteva solo farlo l'addetta del terminale da me già visitato. Spiegai con voluta calma e gentilezza che i due aeroporti da lei citati sono vicini solo relativamente ed era impossibile pensare di percorrere 80 miglia nell'ora di punta in meno di due ore, quindi la soluzione da lei ideata non era fattibile. Insistetti poi per una convalida del tagliando, ma tutto fu vano. La telefonista ad ore continuò a suggerirmi di provare l'ufficio (ahi!) della Swiss. Le delucidai un'ennesima volta che il mio aereo partiva in un'ora ed il presupposto ufficio apriva in due ore. Non mi pareva un concetto molto complesso, ma l'aria fina del New Mexico deve produrre una qualche disfunzione cerebro-vascolare perché la signorina, o signora che fosse, non poteva o voleva afferrare che questi due dati potessero essere collegati in qualche modo.

"Insomma, se lei non vuole andare al botteghino (finalmente una terminologia appropriata!) della nostra compagnia, cosa posso farci io?"
"Insomma, se lei non vuol capire che quando il botteghino della sua compagnia aprirà i battenti (si fa per dire), il mio aereo avrà già superato Terranova e starà già iniziando la traversata dell'Oceano Atlantico, cosa posso farci io?"

Silenzio. Afferrai all'improvviso che la telefonista probabilmente aveva davanti a sé una serie d'istruzioni da utilizzare per ogni evenienza e questa mia situazione non aveva una soluzione adeguata su quel manuale magico che le avevano procurato. Il silenzio durò a lungo. Io tacevo per vedere quale fosse la prossima mossa da parte della compagnia aerea, ma poi, come se la conversazione fosse giunta d un'impasse a causa mia, la "voce" ritornò:

"Allora, cosa vuol fare? Sceglie l'aeroporto di New York o vuole attendere l'apertura dell'ufficio?" (eccolo di nuovo, lo stravolgimento). Mi sentii sprofondare. Mia moglie mi osservava con due occhi colmi di pietà e scuoteva lentamente la testa. Avrei potuto piangere e lo avrei forse fatto, sennonché l'impiegata della Continental m'informò garbatamente che, se proprio volevo, un sistema per prendere il volo c'era: bastava che pagassi milleseicento dollari a testa e avrei risolto tutti i miei problemi.

Le sorrisi per non strozzarla. M'intese e annunciò bruscamente che il manifesto di bordo doveva essere chiuso immediatamente, quindi aveva altro da fare, e mi voltò le spalle, dedicandosi a prospetti migliori.

Cosa dovevo fare, Fantozzi carissimo? Presi le mie valigie e m'incamminai verso la mitica terra promessa, quell'infame botteghino della compagnia aerea svizzera. Quando arrivai, lo stand della Swiss mi parve veramente il solo punto di riferimento rimastomi, e mi sedetti su una delle mie valigie, con il volto puntato verso quest'oasi immaginaria come un segugio pronto all'attacco.

Alle cinque e mezzo una signora apparve magicamente e cominciò a lavorare alacremente sul computer. Io ero inebetito e non mi mossi per un po'. Mia moglie, infine, mi diede uno strattone e mi riportò sul pianeta terra. M'alzai, ed altrettanto fece la signora. Mi resi conto che stavo per perderla e mi lanciai verso di lei, bloccandole l'uscita come un invasato. In un altro momento mi sarei sentito imbarazzato a dimostrare la mia assenza di self-control, caratteristica della quale sono sempre stato fiero, ma il ricordo di mio fratello mi forzò ad umiliarmi temporaneamente di fronte alla rappresentante della tanto decantata efficienza svizzera. Le chiesi se mi poteva aiutare. Mi rispose che l'ufficio non era ancora aperto al pubblico. Ovviamente il mio aspetto la commosse, perché mi chiese subito dopo in che cosa potesse essermi utile. Le spiegai in fretta la mia strana situazione e lei ascoltò la mia confessione come se avesse ascoltato il riassunto della puntata di un serial televisivo. Alla fine mi sorrise e dichiarò: "Vediamo che cosa si può fare per aggiustare la situazione...".

Mi venne in mente un vaso rotto, con accanto ai cocci una bottiglietta di attaccatutto, e così mi resi conto che ero fuso.

Incominciò a ticchettare furiosamente sulla tastiera del server, poi si fermò un attimo e mi chiese:

"Le dispiacerebbe andare a Ginevra via Parigi?".

Timbuktu si allontanava, però le cose si complicavano lo stesso. Sarei arrivato a Ginevra un'ora dopo. Assentii, dato che il mio potere cognitivo si stava spegnendo sempre più in fretta.

Ricominciò a ticchettare, poi d'improvviso m'indicò lo sportello dell'Air France, e mi consigliò di andare a portare le valigie ed i passaporti. Per il resto ci pensava lei.

Feci come consigliato. L'attendente dell'Air France mi chiese il biglietto ed io potei solo indicare la signorina o signora pseudosvizzera che mi aveva indirizzato a lei.

Si fissarono, come due pistoleri ad un duello. L'impiegata della compagnia svizzera alzò il pollice della mano destra come indicazione che tutto andava bene. L'immagine da Mezzogiorno di Fuoco sparì e m'immaginai la sensazione che i gladiatori avessero alla vista di tale segno, che allora indicava la loro sentenza di morte.

L'attendente dell'Air France rispose con un sorriso, ponendo indice e pollice a forma di cerchio. Tutto era OK. Se era così semplice fare un cambiamento, perché non era avvenuto prima? Qui veniva accettato un segno ed un sorriso, mentre alcune ore prima mi avevano rifiutato un tagliando della compagnia aerea. Misteri della vita...

In pochi minuti mi trovai a correre con le ultime energie rimaste verso l'entrata dell'aereo, seguito da mia moglie che concludeva:
"Perché proprio Parigi? Odio Parigi. Succede sempre qualche cavolata in quell'aeroporto".
Arrivati a bordo, le chiesi le ragioni della sua animosità verso quella città.
"Come, non ti ricordi?".
Io, a dire il vero, non mi ricordo mai, di tutto e di nulla. Prerogativa maschile, dicono.
"A Parigi mi hanno rubato il portafoglio, ho fermato il ladro e l'ho fatto arrestare, ho passato tre ore in questura a rispondere alle domande del commissario e così ho perso l'aereo per Marsiglia ed ho dovuto prendere il treno, aspettandolo ben

sei ore. Proprio non ti ricordi che te l'avevo detto?".

In questo caso avevo voluto dimenticare. Io, a Parigi, caro Fantozzi, c'ero stato per affari ed era stata un'esperienza piacevole. Non estatica ma piacevole. Non meravigliosa, idillica, romantica, indimenticabile, però piacevole. Insomma, non avevo perso l'aereo a Parigi, e quindi non la detestavo.

Sì, perché anche se tu, Fantozzi carissimo, ami anche chi ti maltratta, il sottoscritto ama solo chi lo tratta bene, e Parigi mi aveva trattato benino, se non proprio bene, fino ad allora. Anzi avrei una storia buffa da raccontarti a proposito di una valigetta di pelle, piena di frese metalliche, che è passata misteriosamente attraverso il cancello di sicurezza ed addirittura, dato l'eccessivo peso, si è staccata dalla maniglia, facendo un fracasso infernale nel cadere, e la gendarmeria francese non si permise mai di chiedermi che ci facevo con tutti quegli strumenti. Con tutto ciò, non voglio perdere il filo della storia, quindi te la racconto un'altra volta.

Come sai, però, i tempi passano, le mamme imbiancano e gli aeroporti cambiano...
Arrivati a Parigi in orario, anzi in anticipo di mezz'ora, dopo un volo stupendo, la nostra mente aveva ripreso quasi tutte le sue funzioni vitali, quando un altro imprevedibile scherzo del destino si presentò a rammentarmi quanto il mio viaggio

103

fosse diventato simile alle tue avventure cinematografiche.

L'aereo era atterrato su una pista secondaria e rollava placido, attraversando zone isolate che non mi rammentavano neanche lontanamente il decantato aeroporto parigino. Ad un certo punto ci fermammo nel mezzo di nulla. Prati a sinistra, prati a destra: dei terminali neanche l'ombra. Dopo qualche interminabile minuto, spazio di tempo durante il quale la tensione salì alle stelle, il pilota annunciò che un certo signore, con un nome che suonava mediorientale o indiano, era a bordo e doveva presentarsi immediatamente ad un componente dell'equipaggio.

Passarono altri dieci minuti o giù di lì, seguiti da un secondo annuncio che chiedeva la collaborazione di questo signore. Neanche a parlarne. Dopo altri lunghissimi minuti, un terzo annuncio c'informò che se tale signore non si fosse presentato al personale di bordo, nessuno poteva trasbordare. Mi venne da ridere. Se questo individuo misterioso fosse stato veramente a bordo, chiaramente con documenti falsi, altrimenti avrebbero saputo dove era seduto, per quale ragione avrebbe dovuto consegnarsi alle autorità? Non potevano mica trattenere tutti i passeggeri sull'aeroplano a tempo indeterminato, o forse sì?...
Va come va, ed infine annunciarono che si poteva scendere. Urrà.

All'uscita trovammo dei militari armati di mitragliatrice.

"Allora questo signore l'ha fatta proprio grossa", mi confidò sottovoce un altro passeggero. "Probabilmente sarà un terrorista!".

Io lo contemplai come se di colpo mi avesse informato di avere un infarto. Un terrorista! Eh, si, mi pare proprio opportuno gli avessero chiesto di presentarsi all'equipaggio. Magari gli chiedevano di recitare il "Mea Culpa" e poi lo rilasciavano.

Non seppi mai chi fosse quel misterioso individuo che la polizia francese attendeva con tanta ansia. Debordammo dall'aeroplano dopo una pressochè rapida verifica dei passaporti e ci avviammo verso l'autobus in attesa. Il procedimento si rivelò relativamente veloce anche per il resto dei passeggeri, quindi ben presto l'autobus fu ripieno come un uovo. Io sospiravo, ma c'era rimasto sufficiente tempo per prendere la coincidenza per Ginevra.

Avevamo però fatto i piani senza i parigini. Il bus partì immediatamente, ma impiegò ben venti minuti per arrivare al terminale corretto, attraversando campi desolati che mi ricordavano certi documentari sull'incombente desertificazione dell'Africa centrale. Lì ci aspettava un altro controllo, che causò un ingorgo incredibile all'entrata del terminale. La gente tentava d'incunearsi forzatamente nella porta d'ingresso, illudendosi di poter raggiungere il proprio cancello di partenza, oppure l'uscita dell'aeroporto, senza rendersi conto che al di là di questa ci attendeva inesorabilmente un lungo serpentone, al termine del quale c'era un'ennesima verifica dei passaporti.

Dopo pochi minuti, che a me parvero lunghissimi, ci fecero passare. Ci mettemmo a correre verso il luogo dal quale doveva partire il mio prossimo volo. Naturalmente, questo si rivelò essere un altro terminale, collegato a quello nel quale ci avevano scaricato. Mancavano ancora quindici minuti alla chiusura del cancello, quindi c'era rimasta ancora un poco di speranza.

Chi di speranza vive, di speranza muore, dicevano gli anziani. Fantozzi caro, in questo caso avevano ragione. Arrivammo al fatidico terminale in breve, sudando sette camicie, ma grazie ai nostri amici terroristi, le verifiche a Parigi le fanno proprio per bene. Altro controllo, sbrigativo a dir il vero, e poi ancora a correre verso il nostro bramato cancello, al quale arrivammo precisi precisi.

Non c'era più nessuno, tranne una dipendente dell'aviolinea che stava chiudendo irrimediabilmente la porta d'accesso. Se uno sguardo potesse fulminare, l'avrei potuta facilmente disintegrare, ma come si sa, queste cose succedono solo nei film (scusa l'impertinenza).
Chiesi, in francese naturalmente, come mai il cancello stava chiudendo, e mi rispose ponendo
106

l'indice sul suo orologio a polso, quasi fossi stato incapace di comprendere una sua eventuale risposta.

"Mancano cinque minuti", gridai esasperato, ritornando alla mia lingua madre. L'attendente scrollò le spalle e trovò la via più spiccia per sgaiattolarsene con circospezione. Io ero impietrito. "Te l'ho detto come sono a Parigi", infierì mia moglie, riportandomi alla realtà. "Per me fanno apposta". "Vediamo cosa possiamo fare", risposi, cercando di riportare il discorso sul positivo. Cercammo un'altra impiegata, che c'indicò cortesemente dove andare. Fu una camminata incredibile, degna delle nostre passate scampagnate sul lago d'Orta, ma perlomeno non avevamo il bagaglio appresso che ci avrebbe ostacolato il cammino.

"A proposito", chiesi inconsapevolmente a me stesso, "chissà se il bagaglio è salito a bordo e ci aspetterà a Ginevra?". Mi rifiutai la possibilità di proseguire in questo nuovo tormentoso pensiero e continuai con la mia affannosa ricerca per Shangri La, il vagheggiato bancone dietro al quale delle signorine sorridenti avrebbero fatto il miracolo di assegnarmi un altro volo.

Dopo un altro interminabile processo di controllo documenti, attraversamento cancelli di sicurezza, umiliante rimozione di scarpe, cintura, orologio e quant'altro ritenesse anche una vaga riminescenza di metallo, arrivammo all'agognata meta.

Le attendenti dell'aviolinea francese furono deliziose, nonostante mia moglie ripetesse quasi a sottosfondo musicale "Io a Parigi non ci torno più.", "Me l'ero ripromesso l'ultima volta, ma no, ci sono cascata ancora.", "Per me, lo fanno apposta", e così via. Le signorine, abituate a ben altro, la ignoravano stoicamente.

Al mio fianco, una giovane brasiliana cercava affannosamente di spiegare la propria situazione. La maldicenza che i francesi non si sforzano di comprendere gli stranieri si rivelò fondata. La burocrate fissava la poveretta abulicamente, come se contemplasse un noioso spot pubblicitario televisivo per la trentesima volta. La voce della giovane carioca prese un tono più piagnoculoso, come una vecchia samba che parla d'innamorati suicidi, senza però avere alcun effetto sulla francese.

Fantozzi, tu dirai: "Fatti i cavolacci tuoi che non sbagli mai", e avresti ragione. Io, però, non potevo resistere. Ad un certo punto, esasperato quasi quanto la povera ragazza, incominciai a spiegare la disastrata situazione della signorina brasiliana che, presa dall'incontenibile gioia d'essere compresa, incominciò a spiegarmi ulteriormente, sempre nella sua lingua, le sue peripezie e problemi ad una rapidità incredibile.

Ovviamente, da quell'improvviso attacco di logorrea non potei estrarne che poche parole e niente più. La mia espressione facciale avrebbe dovuto far comprendere alla scocciata signorina francese che m'ero appena perso nell'oceano della poliglossia, ma non c'è peggior sordo di chi non vuol sentire (ah, gli anziani, che saggi!), quindi mi chiese subito cosa avesse detto la malcapitata carioca.

Le raccontai una incredibilmente fantasiosa e pietosa storia di parenti malati, coincidenze aeree perse, bisogno assoluto di arrivare non so dove, concludendo con un "La deve proprio aiutare, poverina", accompagnato da un sorriso tanto carico di mestizia che avrebbe commosso anche un uomo con un cuore di pietra. Non una donna, però. Così fui informato che il prossimo aereo disponibile non avrebbe permesso alla sfortunata viaggiatrice di raggiungere la destinazione desiderata per altre sette ore.

Cercai di far capire, usando un francese orrendo che deteriorò ad ogni parola fino a tramutarsi in inglese, che non era possibile tenere prigioniera questa giovane così a lungo, ma tutti i miei approcci diplomatici furono inutili. Quando, alfine, dissi che era ora che risolvessero i miei problemi, dato che non potevano risolvere quelli della giovane, come in un film di Walt Disney tutto cambiò magicamente e si trovò un posto su di un altro aereo, soddisfacendo la paziente brasiliana, che prese il biglietto e se ne andò senza neanche ringraziarmi.

Non che mi aspettassi un ringraziamento, no, mi sarebbe bastato un cenno di assenso, un sorriso magari. Ma capisco che chi si appoggia ad un relitto per non annegare, non s'interessa di questo quando arrivano i soccorritori.

Risolvere il nostro problema, ad ogni modo, fu facile. Il prossimo aereo sarebbe partito in un'ora, il bagaglio sarebbe stato a bordo, ci fu addirittura consegnata una scheda telefonica per avvisare i parenti di Ginevra... Tutto sembrava andare per il meglio, finalmente.

Debbo essere sincero, Fantozzi, il resto del viaggio non fu così drammatico come quello che ti ho raccontato finora, tranne l'incontro con mio fratello, ovviamente. Certo, il bagaglio non arrivò a Ginevra con il nostro aereo, ma almeno approdò con quello seguente, e la macchina che avevo prenotato non era pronta, però mi diedero un'altra, più grande, allo stesso costo.
Potrei parlarti della multa ricevuta in Francia per aver oltrepassato il limite di velocità, oppure dell'inzuppata che mia moglie si prese in un inaspettato temporale mentre eravamo già di ritorno da Milano, ma sono cose ormai lontane e mi sembrano perlopiù dimenticate.
L'importante, dopo tutto, fu che riuscii a parlare con mio fratello...

Fantozzi caro , concludo facendoti sapere che baciai il terreno quando ritornai a New York. Lo so, ti sembrerò esagerato, ma vedi, per qualche giorno mi sono sentito proprio come te, un povero naufrago circondato dai marosi della vita, e ti ho capito, eccome se ti ho capito...

Salutoni...

Cortile di Brooklyn

NEW YORK E GLI ITALIANI

Per chi vive a New York o negli USA, quali sono le problematiche legate alla propria italianità? Molte. Al lettore potrà sorgere il dubbio che l'autore abbia scelto l'apparente ripetizione dei luoghi geografici nella prima frase senza pesarne bene l'effetto, ma è necessario fin dall'inizio chiarire fin dall'inizio che esiste una differenza sostanziale tra la società americana in generale e quella newyorchese.

Chi ha vissuto a New York sa quanto si possa odiare o amare questa città, secondo le esperienze personali, ma certamente che non si può rimanerne indifferenti. La vita di New York ti travolge, affascina, coinvolge, annienta, esalta, confonde. La "città che non dorme mai", come fu definita in una memorabile canzone di Frank Sinatra, non riflette la mentalità media americana: è una megalopoli futuristica che ritiene in sé peculiarità che la distinguono non solo dalle altre città americane, ma anche da qualsiasi altra città del mondo.

Mario Soldati, in *America primo amore*, ha spiegato i conflitti immensi di questa metropoli che la condizionano in tutti i suoi meccanismi e ancora oggi molte delle sue osservazioni rimangono valide, nonostante i tanti anni trascorsi dalla pubblicazione del suo romanzo.

Brooklyn, che conta quattro milioni di abitanti, rimane il ghetto che era, a dispetto del tempo, anche se i gruppi etnici si sono dati il cambio nei quartieri meno abbienti. Non è che questa "ghettizzazione" sia un elemento negativo in sé, ma è qualcosa che non può essere ignorata, anzi deve sempre essere tenuta in considerazione nel giudicare gli eventi che molto spesso arricchiscono la cronaca di questa città.

Del resto, la concentrazione di un particolare gruppo etnico o razziale in una zona non è tipica di Brooklyn ma, essendo più che altro frutto del sistema capitalista abbracciato dal mondo occidentale, è diventata una piaga universale nelle grandi metropoli. Solo che a Brooklyn la situazione si contraddistingue per la sua sistematicità. Ci sono quartieri immensi nei quali trovi esclusivamente emigranti di origine ebrea, oppure dominicana. Delle città nelle città, con le proprie caratteristiche demografiche e geografiche che le rendono quasi individuabili al primo contatto visivo. Il concetto "Little Italy" o "Chinatown" si è evoluto al punto che non solo una zona è abitata da cittadini di una particolare nazione, ma molto spesso esistono aree nelle quali vivono quasi esclusivamente persone nate in una particolare cittadina o regione.

Troviamo quindi nell'area metropolitana newyorchese delle "sacche" nelle quali vivono 20-30,000 persone originarie di Molfetta o di Mola di Bari, oppure di Vedetta dei Lombardi, e così via. Abbiamo quindi una ricreazione dei piccoli e medi nuclei civici all'interno dei "Borough" (Brooklyn, Bronx, Queens, Manhattan, Staten Island), che a loro volta fanno parte della "grande New York".

Nel Bronx, nel Queens e in Staten Island, questa predisposizione alla polarizzazione è meno drastica e forse tende più a classificarsi su scale razziali o perlomeno a blocchi continentali. In questi quartieri è l'aspetto economico, e non l'attaccamento alle proprie radici, la barriera che si forma tra i vari gruppi e permette le segregazioni di ogni tipo.

In questa baraonda di nazionalità e razze, il tipico residente newyorchese vive e prospera, aspirando al quartiere migliore, dove l'elevazione sociale dovrebbe andare a pari passo di quella economica. In realtà ogni gruppo etnico deve pagare il proprio biglietto, vale a dire un indeterminato numero di anni di sacrifici e abnegazione, prima di arrivare ad avere una stabilità economica che gli permetterà di elevarsi socialmente.

I nostri conterranei, chiaramente, il biglietto lo hanno pagato da anni e stanno cogliendo ora i frutti di tanti sacrifici. Che cosa vuol dire questo per un italiano che emigra oggi? E cosa rappresenta Manhattan in questo quadro di concentrazione etnica a base economica?

L'italiano che è fisicamente emigrato dall'Italia e gli italoamericani sono chiaramente due gruppi etnici che hanno caratteristiche molto differenti, ma anche nella comunità italoamericana essere americano di prima, seconda o terza generazione è un fattore di differenziazione molto importante.

La ragione di questa divergenza nei vari gruppi generazionali di immigranti è da ritrovare nell'impulso che il nostro gruppo etnico ha sempre avuto di far parte integrante ed inequivocabile della società americana. Essere americano vuol dire parlare la lingua inglese, conoscere le leggi, i costumi, il modo di pensare americano. L'abbandono della lingua italiana è il risultato diretto di questa procedura d'assorbimento. Bisogna ricordare che molto spesso l'italiano non era la lingua parlata in casa, perciò quello che si è perso in questi casi è il dialetto.

In un modo o nell'altro, lo strumento essenziale per preservare la propria etnia è stato quasi sempre abbandonato per una mal compresa interpretazione del "melting pot", quel famoso crogiuolo simbolico nel quale tutte le etnie e razze avrebbero dovuto fondersi in un'unica amalgama.

Gli italiani di recente immigrazione, perciò, si ritrovano a confrontarsi con italoamericani che conservano solo una vaga e falsata immagine della loro origine e che pretendono che questi nuovi emigranti adottino la loro impostazione di vita, che nella loro ingenuità è basata sull'impronta della società americana. In realtà, la plastica sul divano, gli spaghetti con le polpette di carne ed il limone nell'espresso come espressioni della nostra italianità sono fonti d'irrisione sia da parte dei novelli emigranti sia da parte dell'americano medio. Non vi è nulla d'errato in questi usi, tranne il ritenerli italiani invece che italoamericani.

Abbiamo quindi una società italoamericana che ha creato i propri costumi ed i propri cibi, dando sempre più alla società americana una visione distorta di ciò che è veramente italiano. Gli italiani di recente immigrazione cercano quindi in qualsiasi modo a loro disposizione di mantenere una loro indipendenza dalla massa italoamericana. Vivono in mezzo agli altri gruppi etnici, professando la loro xenofilia in tutti i modi possibili, fino ad arrivare ad evitare i gruppi italoamericani e i loro usi.

Questo non è certamente un bene, perché porta la divisione in seno ad una comunità che avrebbe bisogno di ritrovare se stessa.

BIBLIOGRAFIA

1. **Adige Panorama**, Settembre 1983, Bolzano
2. **America Oggi**, New York
   - 22 febbraio 1994
   - 16 giugno 1997
   - 18 luglio 1997
   - 20 luglio 1997
   - 19 aprile 1998
   - 20 novembre 1998
   - 5 dicembre 1998
3. **AMORE E VITA**, Antologia Poetica, Ed. Insieme Nell'Arte, Palermo, 1982
4. **ANTOLOGIA DELLO STRETTO**, Ed. Il Galeone, Messina, 1981
5. **Arte e Società**, 1982, Gela
6. **ATLANTE LETTERARIO ITALIANO**, Libraria Padovana Editrice, Padova, 2000
7. **La Ballata**, #6, 1981, Livorno
8. **BIOGRAPHY INTERNATIONAL**, South Asia Publications, Delhi, India, 1983
9. **Bridge Apulia USA, Lecce**
   - #2, 1997
   - #3, 1998
   - #4, 1998
   - #5, 1999
   - #6, 2000
   - #7, 2001
   - #8, 2002:
   - #9, 2003

10. **Corriere Adriatico**, Ancona, 10 gennaio 2000
11. **Corriere Delle Arti**, #16, 1981, Grosseto
12. **Il Castello**,
    • Dicembre 1982
    • Gennaio 1984
13. **Courrier Des Marches et D'Outre Mer**, #136, 1983
14. **Collaborazione Internazionale (ΠΑΓΚΟΣΜΙΑ ΣΥΝΕΡΓΓΑΣΙΑ)**, #2, 1984
15. **DEDICHE D'AMORE**, Anna Poma, L'Idea Publications, Brooklyn, 2002, Prefazione
16. **L'EPOPEA GARIBALDINA**, Antologia poetica, Campobasso, 1981
17. **Fiorisce un Cenacolo**, # 10, 1983
18. **Il Galeone**, Messina
    • #1, 1981
    • #2, 1981
    • #3, 1981
    • #4, 1981
    • #5, 1981
    • #2, 1982
    • #4, 1982
19. **La Gazzetta del Mezzogiorno**,
    • 16 Settembre 1998
    • 8 Luglio 1998
    • 12 Ottobre 1999
20. **Il Giorno**, Milano
    • 23 Maggio 1979
    • 27 Maggio 1983

21. **Helios Città**, Reggio Calabria, Agosto/settembre 2000
22. **L'Idea Magazine.** Brooklyn, NY
    - Direzione editoriale dal 1995
23. **L'Impegno**, Milano
    - #4, 1980
    - #2, 1983
    - #1, 1984
24. **Insieme Nell'Arte**, Palermo
    - 1981
    - 1982
    - 1983
25. **L'ITALIA IN VERSI**, Antologia Poetica, 1984, Edizioni Pungolo Verde, Campobasso
26. **Italia Medica**, Maggio-Giugno 1983
27. **Italian Tribune News**, Newark, NJ, October 8, 1998
28. **L'Intermezzo**, Milano,
    - #2, 1984
    - #5, 1984
    - #2, 1985
    - #8, 1986
    - #3, 1986
29. **Keraunia**, #33, Gennaio/Giugno 2000
30. **Kult Underground,** e-zine
    - #70, Dicembre 2000
    - #52, Aprile 1999
31. **Lombardia Notte**, # 8, 1981, Milano
32. **Le Madonie**, Luglio 1981, Sicilia
33. **LE MUSE**, Antologia, Roma, 1984

34. **Nel Racconto**, Clarens, Svizzera
    - #26, Ottobre 2000
    - #27, Gennaio 2001
    - #33, Febbraio 2003

35. **Nel Racconto**, Genova
    - #40, Gennaio 2007
    - #41, Aprile 2007
36. **NEL SEGNO DELL'UMANESIMO**, Antologia, Trieste, 1981
37. **Noi A Milano**, Gennaio 1981, Milano
38. **La Notte**, Milano, !982
39. **Nuova Polizia Municipale**, Milano, 1983
40. **Nuova Puglia Emigrazione** #6, Dicembre 2001
41. **Nuovi Orizzonti**, Gennaio 1982
42. **Oggi Sud**, Catanzaro, 1983
43. **PAROLE DI CARTA**, Antologia Poetica, Marsilio Ed., Milano, 2000
44. **PICCOLA ANTOLOGIA POETICA**, Genova, 1984
45. **LA POESIA DEL TERREMOTO**, Antologia poetica, Striano NA), 1983
46. **POETI ITALIANI OGGI**, Antologia Poetica, 1980, Editrice Corriere Poeti e Pittori, Firenze
47. **Presenza**, Striano (NA),
    - #5, 1983
    - #7, 1983
    - #3, 1984

48. I PREMIATI ITALIANI NEL MONDO, Campobasso, 1983
49. **Primo Piano**, Bitonto, Aprile 2001
50. **Prospektiva**, Anno II, N.10, 2000, Siena
51. **Il Pungolo Verde**, Campobasso,
    - #2, 1983
    - #2, 1984
    - #3, 1984
52. **Questo Nostro Ambiente**, Genova,
    - Settembre 1983
    - Dicembre 1983
    - Giugno 1984

53. **Racconti e Letteratura**, e-zine
    - #19, 1999
    - #20, 1999
    - #21, 1999
    - #22, 2000
54. **Reportage**, Lamezia Terme (CZ), #2, Gennaio 1984.
55. **The SUNY Purchase Free Press**, 15 Dicembre 1993
56. **IL SETACCIO**, Antologia, Montecatini Terme, 1984
57. **SUL CAMMINO DELLA SPERANZA**, Antologia poetica, Palermo, 1981
58. **TRA DUE SPONDE**, Antologia Poetica, Peloro Ed., Messina, 1983
59. **Il Tratto D'Unione**, Brindisi,
    - #5, 1981
    - #4, 1982
    - #2, 1983

- #1, 1984
- #5, 1984

60. **Teleuropa**, Dicembre 1981
61. **Il Trittico**, Trieste,
    - #2, 1982
    - #4, 1983
62. **Trentagiorni**, Torino,
    - #9, 1982
    - #10, 1982
    - #9, 1983
63. **La Voce dell'Emigrante # 8**, Pratola Peligna, Settembre 2000
64. **Verso il Duemila**, Salerno
    - #122, maggio-agosto 1997
    - #123, dicembre 1997
65. **VOCI DEL DUEMILA**, Antologia Poetica, Golden Press, Genova, 2000
66. **VOCI NOSTRE**, Antologia Poetica, Vol. XXIX,
67. **32E Events**, Bronx, NY, March 1991

Tiziano Thomas Dossena

(foto di John Martin)

BIOGRAFIA DELL'AUTORE

Nato a Milano, cresciuto in un ambiente artistico e stimolante, comincia a scrivere molto giovane. Si trasferisce negli USA a sedici anni e completa i suoi studi in quella nazione, conseguendo nel 1974 un *Associate in Science* presso il Kingsborough C. College (Mathematics), un *Bachelor in Arts* all'università Queens College nel 1976 (Italian) e un *Bachelor in Sciences* all'Excelsior College (allora University of the State of New York) nel 1977 (Liberal Studies).

Ritornato in Italia nel 1978, si fa notare subito per un terzo premio per la poesia alla "Biennale di Boniprati". Ulteriori premi e segnalazioni di merito sono vinti nei seguenti anni, sia per la poesia sia per la narrativa.

Tra questi da notare il primo premio per la saggistica al "De Finibus Terrae", il secondo premio "Voci Nostre" per la poesia, il primo premio "Coppa del Mare" per la narrativa al "Premio Città di Modica", il secondo premio per la poesia "Noi e gli Altri", la medaglia d'oro per il giornalismo al "Premio Emigrazione", il secondo premio, con medaglia d'argento, al "Premio Europa" per la narrativa, qualificandosi, sempre per la poesia, al terzo posto nei premi "Napoli" e

"Collare d'Italia", al quarto posto al "Premio La Nuova Fonte", e al quinto posto nel "Premio Ungaretti". Sue opere sono apparse in numerose riviste e antologie in Italia, Francia, Grecia, Svizzera e Stati Uniti.

Dossena, ritornato negli USA nel 1987, dopo la morte del padre, ha ripreso gli studi universitari, conseguendo un *Associate in Applied Science* presso il New York City Technical College nel 1992 (Environmental Control Technology) e un *Bachelor in Arts* all'università Purchase College nel 1995 (Environmental Science).

Collaboratore della rivista **Bridge Apulia USA** (Lecce) e Direttore Editoriale della rivista **L'Idea** (Brooklyn, NY), Dossena è stato Consigliere (1998-2004) e Segretario (1998-2001) del COMITES (Comitato Italiani all'Estero) di New York e Connecticut.

L'autore è stato l'argomento centrale sia di un programma televisivo sia di una trasmissione radiofonica dell'emittente RAI INTERNATIONAL.

Tiziano Thomas Dossena è membro della New York Academy of Sciences, dell'Accademia Tiberina, dell'Accademia dei Bronzi, dell'Accademia Marconi, dell'Haute Academie Francaise e dell'Academie des Marches (Francia), del Grupo Literario de O'Jornal de Felgueiras (Portogallo), nonché Cavaliere dell'Accademia Città di Modica.

Di lui hanno detto: " Poesia vibrante di sentimenti e ideali umani che bene armonizza l'alto concepire con la melodia del verso" (Gino Parente, nell'antologia "L'Epopea Garibaldina", Campobasso 1982) e "La poesia del Dossena respira aria pura di cieli azzurri ed infiniti e, pur intessuta di alto contenuto sociale, coglie le lacrime degli uomini e le bellezze del cosmo in un connubio ricco d'armonie" (Dizionario Critico "I Premiati", Campobasso 1983). Gianni Ruta nella "Antologia tra Due Sponde" asserisce: "Il suo modello di poesia si fonda sulla vivacità dei sentimenti giovanili bene inquadrati, esteticamente ammirevoli e strutturalmente solidi anche se audaci e tempestosi" (Messina 1982).

Riguardo il racconto "Il filosofo", Renata Morresi, nella rivista virtuale *Kult Underground* (N. 52, 1999) ha scritto: "Non perdetevi questo piccolo cult: un eco-giallo con risvolti fantapolitici scritto con stile serrato e incisivo, pieno di suspense e soprattutto ironia, ironia, ironia!".

Mauro Cicognini, a proposito del racconto "La corsa", ha dichiarato: "Con un buon ritmo ed un bel linguaggio, è un racconto a "Flusso di coscienza". La lezione di Joyce ormai per Tiziano non ha più segreti".

Informazioni supplementari sullo scrittore e altri suoi articoli si possono reperire sul sito Internet: www.dossena.org/tiziano.html

EMILIO GIUSEPPE DOSSENA

(Foto di Marilena Dossena)

BIOGRAFIA DELL'ARTISTA
(come appare in: www.Wikipedia.it)

Emilio Giuseppe Dossena frequenta l'Accademia di Belle Arti di Brera e la Scuola del Castello a Milano, creando sinceri e profondi rapporti d'amicizia con i colleghi Sassu, Treccani, Guttuso, Cantatore e Lilloni. Alla Scuola del Castello vince un viaggio premio a Venezia per un'opera scultorea ma Dossena ha un'attrazione verso il colore che gli fa scegliere la pittura come medium di comunicazione artistica.

Nonostante la sua scelta pittorica punti subito all'impressionismo, la necessità di provvedere alla famiglia l'inducono a dedicarsi al cavalletto solo nei ritagli di tempo, guadagnandosi da vivere con il restauro e la decorazione delle ville e palazzi padronali, oltre all'affrescazione delle chiese locali. Nelle abitazioni dei vari Pirelli, Falck, Borletti, Invernizzi, Necchi, Toscanini, Conti Cicogna, Duca Gallarati Scotti, Conti Castelbarco, "Emilio Giuseppe Dossena decorò, restaurò e dipinse grandi pannelli con temi mitologici, arcaici e battaglie"[1]. Sue opere erano esposte anche presso l'Ambasciata D'Italia di Addis Abeba, in Etiopia, ma furono distrutte dai

---

1   Ferruccio Pallavera, *Giuseppe Dossena, "Ambrogino d'oro"*, **L'Amico**, Novembre 2002, p.10, Cavenago D'Adda

bombardamenti nel corso della seconda guerra mondiale.

La sua passione per l'espressione artistica gli permette di ritenere la sua integrità creativa, diventando un ricercato pittore impressionista, noto sia per la sensibilità delle sue opere sia per la pennellata dinamica che le caratterizzano. La prima mostra personale presso la Galleria Gavioli di Milano (1943) ottiene un successo eccezionale di critica e di pubblico, con la totalità delle opere esposte vendute ai collezionisti dell'epoca.

Le mostre alla Galleria HIS di Milano (1964) e quella al Palazzo dell'Arredamento di Desio ottengono anch'esse lusinghieri risultati, guadagnandogli una prima segnalazione sull'Enciclopedia dell'Arte (Edizioni SEDA) di Milano.

Dopo l'incendio del suo studio di Milano, l'artista si trasferisce a New York, dove s'impiega presso lo studio Berger, dedicandosi al restauro di opere di Renoir, Rembrandt, Picasso ed altri grandi artisti, provenienti da musei e collezioni private, tra i quali il Metropolitan Museum di New York ed il Playboy Club.

A New York, l'artista abbandona l'impressionismo, abbracciando tacitamente il neoespressionismo e creando un "figurativo più semplificato, quasi essenziale, senza schematismi o restrizioni strutturali. La forma è quasi strappata alla natura, alla continua ricerca di contenere ed interpretare l'essenza esistenziale ed esprimere queste nuove, irrefrenabili sensazioni che l'artista prova lontano dalla madre patria"[2].

Le mostre presso il Columbus Citizens Committee (1973) e la Galerie Internationale (1973, 1974) danno frutti insperati ed un successo di vendita invidiabile. La critica d'arte Dorothy Hall, della rivista NY Park East, dice: "I suoi dipinti sono opere esuberanti in cui il ricco ed assertivo colore è usato per portare alla luce vari soggetti, sia astratti sia simbolico-rappresentativi. L'energia nervosa che è incanalata nel trattamento artistico delle sue opere, riappare ai nostri occhi come una sensibile esplosione di colori..."[3].

Informazioni supplementari sull'artista si possono trovare sul sito Internet: www.dossena.org/giuseppe.html

---

2   Tiziano Thomas Dossena, *ATTRAVERSO L'OCEANO: La Vita di Emilio Giuseppe Dossena*, **L'Idea** N.72, p. 25, 1998, Brooklyn, NY
3   Dorothy Hall, **NY Park East**, p. 18, 23 marzo 1974, New York

È in fase di pubblicazione presso la casa editrice Scriptum Press, la biografia dell'artista Emilio Giuseppe Dossena!

LA DANZA DEL COLORE

Nella Vita Dell'Artista
Emillio Giuseppe Dossena

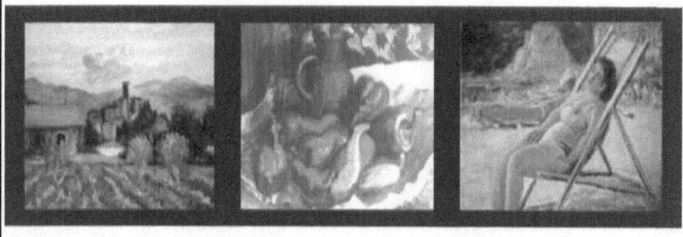

Tiziano Thomas Dossena

Il 15 aprile 1945 Milano è liberata dal giogo nazi-fascista. Alla radio, la voce di Corrado Bonfantini annuncia al mondo che "Milano è libera", proprio quel Bonfantini che diventerà il compagno della figlia maggiore di Dossena e uno dei più sinceri ammiratori della sua arte.

Alla fine del medesimo anno, la famiglia Dossena ritorna a Milano, andando ad abitare in Via Castelvetro 13, ad un isolato dall'appartamento nel quale avevano precedentemente vissuto e che era stato distrutto dai bombardamenti.

L'Italia batte colpi, cercando di riprendersi dalla devastazione che la guerra ha inevitabilmente portato.
Il solido rapporto lavorativo con l'architetto Buzzi permette però a Dossena di vivere più che dignitosamente. Nel 1948, difatti,

Illustrazione 4.1: Pannello decorativo in stile settecentesco dipinto dall'artista. Tempera, anni cinquanta.

decora l'abitazione dei Falk a Milano, e nel 1949 l'appartamento dei Conti Cicogna a Portofino.

Illustrazione 4.2: Luciano a sette mesi. China. 1948

Nel 1948, inoltre, nasce il primo figlio maschio, Luciano, un bel bimbo di cinque chili. L'artista dipinge molti ritratti della propria prole e, quando il tempo lo permette, riproduce vari scorci della campagna lombarda, preziose immagini che sono acquistate dai collezionisti immediatamente e che gli permettono di complementare le entrate che provengono dai suoi lavori di restauro e decorazione. I suoi quadri assumono una colorazione più arrischiata ed intensa, come si può notare negli schizzi a tempera rappresentanti le figlie.

Nel 1950 restaura e decora l'appartamento della contessa Wally Toscanini Castelbarco, e nel 1951 Villa Borletti a Milano…"E si osservi come spessissimo i nomi che troviamo in qesti anni tornino con regolarità molte altre volte negli anni successivi, testimoniando di una

www.ingramcontent.com/pod-product-compliance
Lightning Source LLC
Chambersburg PA
CBHW031312280626
47169CB00018B/1241